INTRODUCING LITERARY CRITICISM: A GRAPHIC GUIDE by OWEN HOLLAND AND PIERO.
Copyright: TEXT AND LLUSTRATIONS ©2015 Icon Books Ltd.
This edition arranged with ICON BOOKS LTD.
through BIG APPLE AGENCY, INC.,LABUAN, MALAYSIA.
Simplified Chinese edition copyright:
2020 SDX JOINT PUBLISHING CO. LTD.
All rights reserved.

图画通识丛书
A Graphic Guide

文 学 批 评

**Introducing
Literary Criticism**

欧文·霍兰（Owen Holland）/ 文

皮耶罗（Piero）/ 图

胡韵迪 / 译

Simplified Chinese Copyright © 2020 by SDX Joint Publishing Company.
All Rights Reserved.
本作品中文简体版权由生活・读书・新知三联书店所有。
未经许可,不得翻印。

图书在版编目(CIP)数据

文学批评/(英)欧文·霍兰文;(英)皮耶罗图;胡韵迪译. —北京:生活·读书·新知三联书店,2020.2 (2025.5重印)
(图画通识丛书)
ISBN 978 – 7 – 108 – 06735 – 7

Ⅰ.①文… Ⅱ.①欧…②皮…③胡… Ⅲ.①文学批评-西方国家 Ⅳ.① I106

中国版本图书馆CIP数据核字(2019)第294155号

责任编辑	周玖龄
装帧设计	张　红
责任校对	张国荣
责任印制	卢　岳
出版发行	生活・讀書・新知 三联书店
	(北京市东城区美术馆东街22号 100010)
网　　址	www.sdxjpc.com
图　　字	01-2018-7187
经　　销	新华书店
印　　刷	北京隆昌伟业印刷有限公司
版　　次	2020年2月北京第1版
	2025年5月北京第2次印刷
开　　本	787毫米×1092毫米　1/32　印张5.75
字　　数	50千字　图167幅
印　　数	08,001－11,000册
定　　价	36.00元

(印装查询:01064002715;邮购查询:01084010542)

目 录

001 什么是文学批评?

003 永恒的经典?

005 美学与道德

009 通过模仿(imitation)学习

010 批评家是变色龙

012 文学批评(极)简史

014 理式的理论

018 三一律

019 净化

021 诗歌的辩护者:锡德尼和雪莱

028 蒲柏的批评

031 古今之争

033 新古典主义

035 英国内战与文学战线

039 浪漫主义的个人观念

044 柯勒律治和华兹华斯:英国文学的浪漫化

049 批评的功能

053 "英国文学"的学科发展

056 对文学专业的抨击

062 唯美主义

065 作为艺术家的批评家

066 T. S. 艾略特:作为批评家的诗人

069 现代主义

070 伍尔夫和女性作家的斗争

075 一些20世纪的研究方法:三种形式主义

076 实用批评

085 新批评

089 俄国形式主义

093 从文学批评到文学理论

095 结构主义

099 结构主义的应用

104 从结构主义到后结构主义
109 马克思主义文学理论
118 精神分析
125 一些历史主义流派
130 新历史主义和文化唯物主义
133 女性主义
138 交叉性
140 性别研究
143 男同性恋和女同性恋研究发展中的主要人物
144 同性恋身份认同和批判性重读
149 后殖民研究
151 主人的工具能否拆掉主人的房子?
155 东方主义
159 生态批评
166 结束语
168 词汇表
171 拓展阅读
172 索引

什么是文学批评？

本书是一本（简短的）文学批评简介。既然是一本介绍文学批评的书，那么本书的目的自然不是进行文学批评。文学批评家的研究对象是文学，这是不言而喻的。因此一本介绍文学批评的书，只与文学有着间接的联系。所以，"文学"由什么构成这样棘手的问题起初就不在我们的讨论范围之内，但是文学大体上涵盖了小说、诗歌、戏剧，当然还有其他很多东西。文学批评家或哲学家可能会问：什么是文学？

这就是法国哲学家、文学批评家和社会主义者**让－保罗·萨特**（Jean-Paul Sartre, 1905—1980）在 1947 年提出的问题。

而我们的问题则略有不同："什么是文学批评？"我们也许可以先给出一个宽泛的概念，认为文学批评包括所有声称对一般而言的文学或特定文学作品的价值（或其他方面）进行评判的作品。进行此类评判一般需要对文学作品进行解读（或细读）、比较和透彻的分析。这种评判可能包含关于文学内在价值，或某一特定作品的美学*价值和形式特征，或作品的文化历史意义的论述。

认为文学价值具有历史偶然性的人，可能会与主张文学具有内在价值的人看法不同。

我们会在后边讨论这些问题。

*带星号的术语将在168—170页的词汇表中解释。

永恒的经典？

本·琼生（Ben Jonson，1572—1637）是**威廉·莎士比亚**（William Shakespear，1564—1616）同时代的著名剧作家。琼生这样评论莎士比亚：

他不只属于一个时代，而是永恒的经典。

……他论述了莎士比亚作品的普世性和超越历史的价值。

目前来看,琼生的论述被证实是正确的:莎士比亚的戏剧仍在世界各地上演。而另一方面,**乔纳森·贝特**(Jonathan Bate,出生于 1958 年)在《莎士比亚的才华》(*The Genius of Shakespeare*,1998)一书中提到,莎士比亚享誉全球,可能与他去世后的那些年里大英帝国在世界各地的扩张关系甚大。

如果当年的西班牙帝国走上了不同的历史道路,也许西班牙黄金时代备受欢迎的戏剧大师洛佩·德·维加(Lope de Vega,1562—1635)就会享有如今莎士比亚这样的全球声誉了。

所以,莎士比亚的"才华"究竟是他自己的内在品质,还是历史建构和偶然性因素造成的呢?

美学与道德

也许正如这些问题所体现的,文学批评家的研究对象并不是那么清楚明白。一些批评家认为,在考量文学价值的具体内容时,不应将帝国主义或帝国这种明显庸俗的问题考虑进来。这样看来,美学的问题和道德的问题最好分开来讨论。

[1] 奥斯卡·王尔德,《批评家也是艺术家》,出自《英国作家论文学》,汪培基译,生活·读书·新知三联书店,1985年,第291页。——译者注

艺术和伦理的范畴是截然不同的。[1]

奥斯卡·王尔德
(Oscar Wilde, 1854—1900)

但是某一首诗或者一部小说"纸面上的文字",是否真的华丽地摆脱了文本的历史和文化受众,或其出版和翻译史,或作者的倾向等因素的影响?比如20世纪现代主义诗人**埃兹拉·庞德**(Ezra Pound, 1885—1972)就曾在电台广播中为贝尼托·墨索里尼摇唇鼓舌。

因此对于文学批评家来说，确定研究对象或研究领域，是一个充满争议的事情。严谨的学者会认为，研究**托马斯·哈代**（Thomas Hardy，1840—1928）小说中引用莎士比亚的意义和研究**阿尔弗雷德·丁尼生**（Affred Tennyson，1809—1892）诗歌中的格律还有一定的可比性，但这两者与批判性重读**西奥多·阿多诺**（Theodor Adorno，1903—1969）的《美学理论》（*Aesthetic Theory*，1970），或讨论当代先锋派诗歌（avant-garde poetry）的文章＊比起来，就显得不可同日而语了。

当代的文学批评作为一门大学里教授和研究的学科也是如此。

如果你立志成为一名文学批评家,那么最好的起步方式莫过于广泛地阅读文学批评史。这本书主要是介绍一些文学批评领域中具有重要历史意义的实践者。文学批评的历史十分悠久。

即便是本书这种简短的概述,也会带我们从古希腊讨论到文艺复兴时期的英格兰,再到20世纪文学理论中的一些新流派。

本书也有一定的局限性。它是对 19 世纪至 20 世纪盎格鲁 - 撒克逊的大学里形成的文学批评传统的一个简明概述,主要围绕高校的教学大纲,其在很大程度上倾向于省略一些内容。由于此书是对这一文学批评传统的概述,因此未能给**阿卜杜拉·本·穆尔台兹**(Abdallah ibn al-Mu'tazz, 861—908)或**鲁迅**(Lu Xun, 1881—1936)等人留出篇幅,尽管他们在各自的文化里也是备受尊重的文学批评家。

英国文学在 20 世纪的主导地位,在一定程度上受到了近些年兴起的比较文学和后殖民研究的挑战,但是这一课题的内容仍非常广泛,值得单独著书介绍。

爱德华·萨义德(**Edward Said, 1935—2003**),后殖民批评家,我们会在第 154 页介绍。

通过模仿（imitation）学习

学习文学批评这门学问的最佳方式也许是进行模仿。德国哲学家**瓦尔特·本雅明**（Walter Benjamin，1892—1940）在探讨**摹仿***（mimesis；全书将 imitation 译为"模仿"，将 mimesis 译为"摹仿"，含义不同，敬希读者留意。——译者注）（稍后我们在亚里士多德的《诗学》中还会遇到这个词）这一概念的历史渊源时曾说：

> 我们对相似性的认知天赋不过是一种残存的强烈冲动，它曾让我们变得相似、在行为上互相摹仿。虽然在感官世界里我们还有认知相似的能力，但"变得相似"这一消失了的能力远远超越了这个狭隘的感官世界。

批评家是变色龙

因此,要想成为文学批评家,最好的办法就是广泛地阅读其他文学批评家的作品,同时也要格外关注文学批评家的研究对象。

也许可以把文学批评家看作一种具有移情能力的变色龙,能够公正地发挥想象性同情的能力来理解文学文本中描述的人物、处境和动机。

变色龙一词的词源提醒我们 [希腊语 *khamaileōn* 由 *khamai*（地上的）+*leōn*（狮子）组成]，发挥想象性同情的能力需要有**谦逊**（humility）的态度。（谦逊"humble"一词的词根同样也是 *khamai*，即"地上的"）。

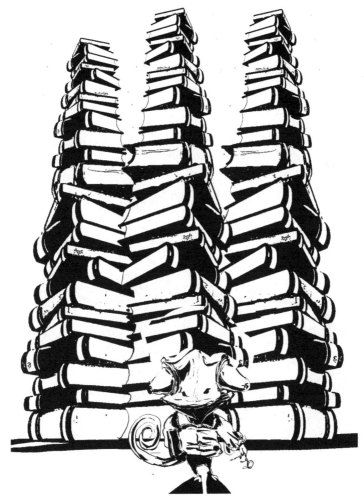

而有些人则质疑这一立场隐含了普遍主义的观点，他们认为批评家会（有意识或无意识地）对文本进行带有（阶级、种族、性别）利益色彩的解读，而文学批评不过是对这一做法的掩饰。我们将在后文进一步探讨这些问题。

文学批评(极)简史

柏拉图(Plato,公元前 427 年—约前 347 年)的《理想国》属于一篇对话录形式的哲学专著,柏拉图的老师**苏格拉底**(Socrates,公元前约 470 年—前 399 年)是书中的主角。

书中提出了理想社会或城邦的治理条件,能够让市民(但不包括奴隶)追求幸福生活。

《理想国》至今仍是道德与政治哲学史中的经典文本,但书中也包含了对诗歌等摹仿艺术的地位与作用的讨论,因此也是值得文学批评者研读的重要文本之一。同时从另一方面讲,《理想国》也是现存最早的文学批评范本。

第三卷中一段著名的段落明确指出诗人在这个理想的国家里是不受欢迎的。

> 要是有人靠他的一点聪明能够模仿一切,这样的人要是光临我们的城邦,想要朗诵诗篇,大显身手。

> 我们应当为之倾倒,称他是神人,欢欣鼓舞,但是我们应当告诉他,在我们的城邦里没有一个人像他那样,法律也不允许。

> 我们会在他的头上涂香油,饰以羊毛冠带,送他到别的城邦去。[2]

[2] 柏拉图,《理想国》,郭斌和、张竹明译,商务印书馆,2018年,第102页。——译者注

理式的理论

将诗人驱逐出理想国的决定出于柏拉图对摹仿（mimesis），或模仿（imitation）的质疑，它被认为是虚假的、不真实的，是对事物真实本质的偏离。这一观点源于柏拉图的**理式理论**（theory of forms）。诗人与制作桌子的工匠不同，他所做的仅仅是再现一个二手的概念。柏拉图认为，诗人的模仿，例如模仿一张桌子，是对模仿的模仿，因为工匠制作的桌子本身只是对桌子的本质或上帝创造的理式的模仿。

我的理式的理论分为三个阶段：理式（普世的概念）— 事物（具体的）— 对事物的再现（模仿）。

柏拉图通过**荷马**（Homer，约公元前9世纪—前8世纪）等诗人的例子，阐述他担心诗人会在何种程度上对希腊的神明进行不准确的描述（以及亵渎），这可能会影响理想国的正常运行。同理，由于诗歌会扰乱并激起听众的情绪，诗人也可能会侵蚀城邦里士兵和守卫的意志力与自制力。因此柏拉图认为应该限制诗歌的功用。

在我们的城邦里，唯一允许的诗歌是给神的赞歌和给好人的颂歌*。[3]

[3] 柏拉图，《理想国》，《柏拉图全集·第三卷》，王晓朝译，人民出版社，2018年，第91页。——译者注

柏拉图想要的是严格意义上**有用的**诗歌,他将艺术自主性和独立性的需求置于城邦的整体利益之下。在很多读者看来,柏拉图的言论似乎是在支持审查制度。而与此相对的一种看法认为,诗歌与哲学是通往真理的途径,这两种不同的言论可以被看作一场饶有趣味的、经久不衰的辩论。

相比之下,**亚里士多德**(Aristotle,公元前384年—前322年)在他的专著《诗学》中为摹仿艺术——尤其是史诗、悲剧、喜剧、酒神颂*,以及长笛和七弦竖琴演奏的大部分音乐进行了辩护。

[4] 亚里士多德,《诗学》,陈中梅译,商务印书馆,1996年,第47页。——译者注

> 从孩提时候起,人就有摹仿的本能。人和动物的一个区别就在于人最善摹仿,并通过摹仿获得了最初的知识。其次,每个人都能从摹仿的成果中得到快感。[4]

亚里士多德的专著指出，规则来源于自然，掌管着摹仿艺术，书中也包含了悲剧情节的建构和如何反驳对荷马的批评。亚里士多德为摹仿辩护，因为摹仿能够带来**快感**，与柏拉图严格强调的**有用性**不同，他将摹仿的乐趣与其教育功能联系了起来。亚里士多德关于摹仿，尤其是关于悲剧和史诗的观点，对16世纪欧洲的文艺复兴及后世有着深远影响。

三一律

由亚里士多德《诗学》发展而来的**行为**、**时间**、**地点**一致性的理论对文艺复兴时期的意大利和法国产生了尤其重要的影响。在对情节的讨论中,亚里士多德强调,为了呈现出必要的秩序、广度、一致性,**完整性**是至关重要的。

> 悲剧力图以太阳运动的一周为限……而史诗的行为则不受时间限制。

> 情节应该是对一个完整行为的摹仿(或再现),要有开头、经过和结尾。

亚里士多德的这些言论究竟是对戏剧的观察描述还是规定性法则,目前并无定论,但他确实就剧作实践提出了一些更为明确的指导。

净化

亚里士多德的《诗学》提出的另一个重要概念是**净化**（catharsis），主要与悲剧有关。亚里士多德认为喜剧带有"低俗"或"丑陋"的性质，而悲剧则不同，它以戏剧而非叙事（史诗属于叙事类）的形式再现出"高雅"行为。

亚里士多德使用的"净化"一词引起了不少争论。该词并无明确的定义，但一般认为指一种治疗、净化性质的过程，在这个过程中，观众可以学着去理解人类的痛苦，而无须经历舞台上再现出的那种程度的苦难。

悲剧通过引发怜悯和恐惧，使这些情感得到净化。[5]

净化可以提高人的想象性同情能力，进而引导人的行为。因此，悲剧具有**社会**意义。

[5] 亚里士多德，《诗学》，陈中梅译，商务印书馆，1996年，第63页（原文为"疏泄"）。——译者注

20世纪30年代，德国马克思主义剧作家**贝托尔特·布莱希特**（Bertolt Brecht, 1898—1956）在提出将非亚里士多德式戏剧政治化的理论时，对亚里士多德的净化概念进行了挑战性的、极具争议性的批判。布莱希特反对净化的概念，因为它将观众默认为独立个体，而不是一个能够对台上的表演进行理性思考的政治性集体。

观众对悲剧主角"悲惨宿命"的认同掩盖了人在经济社会过程中具有能动性的事实。

亚里士多德式戏剧本质上是静态的，它的任务是展示当下的世界。而（布莱希特的）学习式戏剧本质上是动态的，它的任务是展示变化的世界。

贝托尔特·布莱希特

诗歌的辩护者：锡德尼和雪莱

布莱希特以戏剧实践者和剧作家的身份回应了亚里士多德的论点。而其他"实践者"，包括诗人**菲利普·锡德尼**（Philip Sidney，1554—1586）和**珀西·比希·雪莱**（Percy Bysshe Shelley，1792—1822）在创作为诗歌辩护的作品时，则受到亚里士多德为审美享受的教育价值辩护的观点影响。面对人们对诗歌价值和地位的抨击，两人都给出了有新意的、机智的还击。

锡德尼反对的是16世纪的清教徒，后者指责诗歌和戏剧是对神明的亵渎。雪莱回应的则是**托马斯·洛甫·皮科克**（Thomas Love Peacock，1785—1866）的文章《论诗的四个时代》（"The Four Ages of Poetry"，1820）。皮科克认为诗歌将在科学的发展中衰落。

我们两个都接受了柏拉图《理想国》的邀请，作为诗歌的辩护者"代表她自己作一篇散文，体现出她不光能带来快乐，也能为政府和人类的生活带来益处"。

在锡德尼的《为诗辩护》(*Defence of Poesy*),或称《为诗致歉》(*Apologie for Poetrie*,1581)[6]中,锡德尼对历史、哲学和诗歌进行了诙谐而又深刻的评价。

[6] 在英文里 apology 也有辩护的意思。——译者注

抽象　　具体

我自己不小心失足陷入了诗人的称号。哲学家研究抽象和概括的问题,历史学家研究具体事件;而诗人可以将概括和具体结合起来。如果它们没有被诗这种能说话的画面照亮并展示出来,哲学家模糊的抽象概念和历史学家被鼠咬虫蛀的古籍就会在人们的想象力、判断力面前黯然无光。

在这里锡德尼所说的**致歉**（apology）是对个人观点正式的捍卫或辩解，而不是真的表达歉意。

锡德尼的论点也呼应了柏拉图和亚里士多德对摹仿的讨论,他将"仿造"(制作或再现)与诗人的工作联系起来,强调诗人的模仿是一种"寓教于乐"的手段。锡德尼认为,诗歌可以净化思维、丰富记忆、提高判断力、扩充巧辞妙喻。诗歌旨在:

> ……指引并吸引我们这堕落的、为躯壳所累的灵魂尽可能达到最完美的境界

很明显,比起柏拉图对诗人的疑心排斥,锡德尼更赞成亚里士多德对摹仿的辩护。这也是情理之中的,因为锡德尼之为诗"致歉"实际上就暗含着为自己诗人身份的辩护。

锡德尼针对诗人提出了两个重要的定义。首先，他引用拉丁词汇中的诗人 vates（意为"占卜者""预见者"或"预言家"），以及柏拉图的早期对话录《伊安篇》(Ion) 中的内容，将诗人定义为"神圣力量"。其次，他指出英语中诗人一词（poet）来源于希腊语 poiein，意为"制造"。

实际上，只有诗人，为自己的创新气魄所鼓舞，在创造出优于自然创造的事物中，或全新的、自然里未曾出现过的事物中，升入了另一种自然。[7]

[7] 锡德尼，《为诗辩护》，缪灵珠译，人民文学出版社，1961年，第9页。——译者注

雪莱的《诗辩》写于 1821 年，但在 1840 年才首次出版。书中雪莱指出诗歌具有认知及美学价值，而且与理性思考获得的知识不同，诗歌为**了解**世界提供了一个特别的角度。在此基础上，雪莱主张"诗人是世界未经公认的立法者"。雪莱也主张诗歌具有道德引导的作用：

> 想象是实现道德上至善的一个很重要的工具，而诗歌通过作用于源头来实现这一效果。诗不断地为想象输送新鲜愉快的思想，拓展着想象的范围。[8]

在这里，诗歌被认为同时具有教化功能。

[8] 雪莱，《诗辩》，徐文惠译，生活·读书·新知三联书店，1989 年，第 196 页。——译者注

[10] 雪莱，《诗辩》，徐文惠译，生活·读书·新知三联书店，1989 年，第 196 页。——译者注

然而，雪莱并不认为诗歌的道德功能纯粹是**说教式**、教化式的，他通过一些尤其引人入胜的（或混杂的[9]）暗喻*为诗歌的价值辩护。

[9] 混杂隐喻（mixed metaphor）：两个以上隐喻/暗喻的合用，因不通而产生滑稽效果。——译者注

如果一个诗人想在不受时空观念限制的诗歌创作中，表达那些受到他所处的时空限制的是非观念，那就很不合适了。[10]

[12] 雪莱，《诗辩》，徐文惠译，生活·读书·新知三联书店，1989年，第202页。——译者注

诗歌掀起了世界的面纱，展示了世界隐而未现的美，并赋予平凡的事物以不平凡的异彩。[11]

诗是一柄闪着电光的永不入鞘的利剑，任何想束缚住它的鞘都会被电光摧毁。[12]

[11] 雪莱，《诗辩》，徐文惠译，生活·读书·新知三联书店，1989年，第195页。——译者注

蒲柏的批评

锡德尼和雪莱为诗歌所做的辩护是文学批评史中的重要文本,其中一个主要原因就是这两位诗人在与早先的**古典**批评传统和美学思想的对话中,阐述了他们关于诗歌价值的观点。

亚历山大·蒲柏(Alexander Pope,1688—1744)介于锡德尼所处的文艺复兴人文主义*时期和雪莱所处的19世纪初浪漫主义时期之间,他也通过《批评论》(*An Essay on Criticism*,1711)参与了这场对话。蒲柏的"文章"模仿罗马抒情诗人**贺拉斯**(Horace,公元前65年—前8年)的风格以韵文形式写成,给立志成为批评家的人提出了建议:

> 你若要享誉千古,让作品流芳,冠以批评家称号,且无愧名望,应自知能力所及,当清清楚楚,自身的才华、品位、学识能去向何处?不自量力不可……[13]

[13] 蒲柏,《批评论》,张艾、方惠夏译,中信出版社,2017年,第46—50行。——译者注

蒲柏注重平衡、秩序和仪轨（decorum）[14]这些新古典主义原则。

蒲柏认为，批评者一定要了解自己的局限。我们可以将蒲柏这种将自然（Nature）与巧智（Wit）对立的观点理解为外部宇宙法则与人类智慧和诡计（也跟骄傲这一"原罪"有关[15]）之间的对立。

人类可以观察自然的真理，并用清晰、优雅、华丽的语言表述出来，但这些基本法则是预设好的，是不容置疑的。

[14] 指得体，新古典主义认为戏剧中虚构角色的行为举止要与其年龄、性别和社会阶级相符，以反映出人们真实的生活状态。译文出自《文学术语词典》，北京大学出版社，2014年，第82页。——译者注

[15] 蒲柏认为人的能力是有限的，人因为骄傲而逾越自己的局限，这样的做法是一种罪过。——译者注

> 天造世间万物，均设界限／骄傲之人卖弄，自可防范。[16]

> 真才气是把自然巧打扮。[17]

[16] 蒲柏，《批评论》，张艾、方惠夏译，中信出版社，2017年，第52—53行。——译者注

[17] 蒲柏，《批评论》，王佐良译，译林出版社，1993年，第196页。——译者注

相对于用散文体为诗歌辩护的锡德尼和雪莱,蒲柏对当时批评环境的评论则以诗歌的形式,即英雄双韵体(heroic couplets)*写成。

这一篇**讨论**批评的文章,同时也可以被看作是一篇**进行**批评的文章,因为蒲柏就诗歌创作品味的审美标准阐述了他的个人观点。关于诗歌是应该直接模仿自然,还是应该按照古代经典作家制定的人为法则来创作,蒲柏发表了自己的看法。他的个人立场巧妙地调和了两派的观点,指出古代作家的规则都是他们自己通过对自然的细致观察而建立的。

我希望能够调和这两种观点,将古典法则看作是"经过自然整理的"(nature methodized)。

古今之争

蒲柏显然受到古典作家的影响,他时常在作品中影射(alluding)*或直接提及荷马、亚里士多德、贺拉斯、维吉尔等作家。17世纪末,法国和英格兰的"崇古派""厚今派"之间展开了一场批评界里旷日持久的论战,而蒲柏也通过这样的写作手法参与了这场辩论。

"崇古派"将古希腊和古罗马作为当时优秀文学的典范(也正因此蒲柏选择以**贺拉斯体**写作)。严格遵守亚里士多德"三一律"的法国剧作家**让·拉辛**(Jean Racine,1639—1699)就是一个坚定的"崇古派"。而"厚今派"则认为现代科学比古典智慧更优越、更开明。

让·拉辛

这场论战在法国爆发，**德马雷·德·圣-索尔兰**（Jean Desmarets de Saint-Sorlin，1595—1676）写了一篇为英雄诗辩护的文章，推崇基督教诗歌而非古典传统，论战便围绕这篇文章展开。**尼古拉·布瓦洛**（Nicholas Boileau，1636—1711）的《诗的艺术》（L'Art Poetique，1674）则维护古典诗歌传统，体现了另一派的观点。这场辩论一直持续到18世纪。

乔纳森·斯威夫特（Jonathan Swift，1667—1745）在《桶的故事》（A Tale of a Tub，1704）及序言"书的战争"中讽刺了两派，此文采用戏仿（parodies）[18]英雄诗的方式，描述了圣詹姆斯图书馆中古代书和现代书之间的一场战争。

遵从古典典范和规则的著名作家包括本·琼生、**约翰·德莱顿**（John Dryden，1631—1700）、蒲柏、斯威夫特、**约瑟夫·艾迪生**（Joseph Addison，1672—1719）和**约翰逊博士**（Dr. Johnson，1709—1784）[19]。

[18] 修辞格，指在作品中对其他作品进行借用，以达到调侃、嘲讽、游戏甚至致敬的目的。
[19] 塞缪尔·约翰逊。——译者注

新古典主义

蒲柏的新古典主义*属于一个更广泛的思潮——启蒙运动理性主义——的一部分。理性主义者认为理性高于一切，在他们看来，自然法则在物质世界中是**客观**（objectively）存在的——它是评判一切艺术创作的**原始**（archetypal）标准——是独立于个人有限的**主观**"智慧"（wit）而存在的。

在《批评论》中，蒲柏将光与神圣的知识进行了类比，来阐述这一观点：

首要是追随自然，判断才得以成立，要遵循其准则，那是亘古不变的真理：永远正确的自然，如一束圣光，四海普照，不朽清亮。她赋予世间生命、力量和美，还有艺术之源起、湮灭以及评鉴。[20]

[20] 蒲柏,《批评论》,张艾、方惠夏译,中信出版社,2017年,第68—73行。——译者注

另一位重要的新古典主义者是诗人兼剧作家约翰·德莱顿。在他的《论戏剧诗》("Essay of Dramatick Poesy",1668)中,德莱顿回应了锡德尼的"辩护",指出应将戏剧当作正统诗歌来看待。

我支持新古典主义原则的正确性,但反对严格、盲目地遵从古典原则。

面对古典主义和法国的对手,他维护英国戏剧,尤其是莎士比亚的作品,提出要避免对亚里士多德"三一律"进行过于狭隘的解读,同时要发掘古代戏剧和现代戏剧各自的优势。文章采取四人对话的形式,每个角色都冠以古典色彩的名字,但都代表了17世纪的人物,包括德莱顿本人。

英国内战与文学战线

除了文学上的"古今之争",17 世纪发生的另一件"小事"是英国内战(1642—1651),对战双方一边是支持查理一世的保皇派(骑士派),另一边是议会派(圆颅党[21]),议会派中有人支持君主立宪制,有人支持共和制。

[21] 这些议会成员是清教徒,他们将头发理短,在样貌上与当时权贵极为不同。因为没有卷发,头颅相较之下显得很圆,因此而得名。——译者注

很多著名的文学家也在这场革命的两派中扮演了重要的角色。**约翰·弥尔顿**(John Milton,1608—1674)为议会派写了小册子《论国王和官吏的职权》(*The Tenure of Kings and Magistrates*,1649)和《偶像破坏者》(*Eikonoklastes*,1649),为人民处死一位有罪君主的合法权利进行了辩护。

保皇派的**安德鲁·马维尔**（Andrew Marvell, 1621—1678）的态度则有些模棱两可，从他的《贺拉斯体颂克伦威尔自爱尔兰归来》("An Horatian Ode upon Cromwell's Return from Ireland", 1650）就能看出来。有人将这首诗解读为平铺直叙的颂歌，有人则指出诗中暗含深意。

马维尔写道，"不少事应归功于他"（Much to the Man is due），但结尾的对句（couplet）里却隐隐暗示了查理一世在"悲惨的断头台"上被砍头后，社会斗争可能仍会继续：

胜负虽已分／实力需长存。

其他诗人，包括**罗伯特·赫里克**（Robert Herrick，1591—1674）、**托马斯·加莱**（Thomas Carew，1595—1640）和**理查德·勒夫莱斯**（Richard Lovelace，1617—1657），则通过写作韵文来支持骑士派，歌颂皇室，讽刺对手。

> 圆颅党和我这种骑士派诗人的诗作，与柏拉图的观点形成了鲜明对比……

> 诗人不应参与理想国的建设。

然而，很明显，内战后奥利弗·克伦威尔（Oliver Cromwell）担任护国公的几年间，清教反对诗歌的思想复苏，部分原因是对查理一世宫廷中精雕细刻的文学氛围的反感，这种文化在圆颅党看来是轻浮的、有道德问题的。

037

骑士派诗人则以诙谐的讽刺文章来回应圆颅党。王政复辟之后（护国公死后君主制复辟）讽刺作品（satire）仍是一个重要的政治武器，从**塞缪尔·巴特勒**（Samuel Butler，1613—1680）的《休迪布拉斯》（*Hudibras*）中就能看出这一点。巴特勒的这首讽刺叙事史诗在1663、1664和1678年分三部分发表。

> 诗歌围绕性情浮夸的游侠骑士休迪布拉斯爵士的冒险故事，讽刺了内战中圆颅党清教徒的狂热。

浪漫主义的个人观念

18世纪的批评界由于古典主义*和浪漫主义的划分而显得生机勃勃，尽管我们也会看到，要清晰划分这两种流派并没那么简单。德国哲学家**弗里德里希·冯·施莱格尔**（Friedrich von Schlegel, 1772—1829）的理论[22]实际上是通过法国女文学家**斯塔尔夫人**（Mme de Staël, 1766—1817）的著作《德意志论》（*l'Allemagne*, 1813）的传播，才得以广为人知的。

在早期作品里，施莱格尔阐述了基于**激进个人主义**的浪漫主义诗学和伦理观，这为浪漫主义推崇的**想象力**和独创性、反对古典主义强调的**理性**打下了哲学基础。

> 批评不是用一个笼统的理想来评判作品，而是为每一部作品寻找各自的理想。

[22] 关于划分古典和浪漫界限的理论。——译者注

弗里德里希·冯·席勒（Friedrich von Schiller，1759—1805）发表了一部影响深远的书信集，即《审美教育书简》（*On the Aesthetic Education of Man*，1795）。书简中席勒认为审美是人类自由的一个典范：个体的独创性想象力被看作是综合了感官、感知和理解的一种能力。

[23] 席勒，《审美教育书简》，张玉能译，译林出版社，2009年，第4页。——译者注

席勒也将人们猜想的古希腊**城邦**的有机（自然生发的）完整性作为人类社会的理想模式，与现代生活的分裂本质适成对照。

回顾历史找寻理想的社会组织模式对英格兰浪漫主义作家也不无影响。一个典型的例子是雪莱的诗剧《普罗米修斯的解放》(*Prometheus Unbound*, 1820, 1839)的前言。尽管一般可以将浪漫主义理解为对新古典主义规则和文体限制的反对,但雪莱理想中的"不比雅典更完美的制度"[24]却体现了与古典主义相同的看法。

古典主义和浪漫主义之间的矛盾经常被解读为(先例和惯例的)**权威性** (authority) 与(艺术想象力的)**独创性** (originality) 之间的分歧。

世间没有规则或范例。

维克多·雨果(Victor Hugo,1802—1885)

[24] "如果把英格兰分割成四十个共和国,每一个在人口和幅员上都和雅典相等,我们没有理由不设想,在不比雅典更完美的制度下,每一个共和国都会产生出和我们(如果把莎士比亚除外)迄今未能超过的那些哲学家和诗人相当的人物。"雪莱,《普罗米修斯的解放》,出自《雪莱精选集》,北京燕山出版社,2004年,第809页。——译者注

[25] 雪莱,《诗辩》,徐文惠译,生活·读书·新知三联书店,1989年,第95页。——译者注

每一位大诗人必定免不了要革新他前辈的范式。[25]

这两个流派之间的一个重要区别是他们对主观性的不同理解。正如我们从蒲柏身上看到的,新古典主义者强调外部、物质世界的客观本质(客观主义*)。

而对于主观主义者,如**约翰·费希特**(Johann Fichte,1762—1814),意识不仅仅是一个认知工具,它与外部世界也是密不可分的——他们拒绝承认**本体**(noumena,事物本身)和**现象**(phenomena,事物表象)是相互区分开来的。

客观地看待物质世界是不可能的,因为对外部世界的认知实际上是一种自我意识的延伸。

1800年,另一位弗里德里希——**弗里德里希·谢林**(Fredrich Schelling,1775—1854)试图在他的著作《先验唯心论体系》(*System of Transcendental Idealism*)中调和主观主义*与客观主义。

浪漫主义理论,这一最初基于谢林的哲学观点而形成的理论,强调意识与个人创造力在创作中的作用。

这种主观主义的立场最早是由**贝克莱主教**[26]（Bishop Berkeley, 1685—1753）提出的，他提出了**非唯物主义**（immaterialism），或主观唯心主义——他主张事物并不真实存在，而是"想象"出来的，是在个体意识中创造的。因此，贝克莱有时也被称为"唯心主义之父"。**约翰逊博士**（Dr. Johnson），一位坚定的古典主义者和客观主义者，曾提出他著名的反对意见：

尽管我们都同意贝克莱主教的理论是不正确的，但是很难反驳。

我就这么反驳他。[27]

[27] 约翰逊的脾气是出了名的暴躁，包斯威尔曾在《约翰逊传》中记录了这样一件事："约翰逊用脚猛踢一块大石头，并在反弹回来的时候大声说：'我就这么反驳他！'"——译者注

[26] 乔治·贝克莱。——译者注

约翰逊在英国文学**经典** *（被认为尤其具有影响力或尤为重要的作品）的建立中也是一个关键人物，其代表作品有《英国诗人传》（*Lives of the Most Eminent English Poets*，1779—1781）和他为莎士比亚戏剧撰写的序言。

柯勒律治和华兹华斯：英国文学的浪漫化

浪漫主义理论转化为英语文化是一个复杂的过程。**塞缪尔·泰勒·柯勒律治**（Samuel Taylor Coleridge，1772—1834）的《文学传记》（*Biographia Literaria*，1817），一本汇集了哲学思考和文学思想的文集，在传播德国唯心主义哲学和英国浪漫主义主要理论的过程中起到了重要作用。

我把谢林的"哲学革命"带到了英国。

什么是诗歌？柯勒律治继承了谢林的观点，认为诗歌"使对立的或不协调的品质得到平衡或调和"。

相同的、一般的、概念的、个别的、新颖的

差异的、具体的、形象的、代表性的、熟悉的

传记式的自我探索是柯勒律治作品的特点之一，这也体现了浪漫主义对主观性和自我的强调。

1798年，柯勒律治和好友**威廉·华兹华斯**（William Wordsworth，1770—1850）合作完成了一部名为《抒情歌谣集》（*Lyrical Ballads*）的诗集。华兹华斯为1800年版《抒情歌谣集》所作的序言几乎成了英国浪漫主义的宣言。

> 什么是诗人？诗人是向人们发声的人：相对于一般人来说，他更了解人的本性，有着更完整的灵魂。

浪漫主义世界观中的个人主义倾向十分明显。华兹华斯强调诗人感知世界尤其是自然世界时的强烈主观性。

华兹华斯提出诗歌是思想与情感、理性与热情相互作用的结果。

尽管如此，华兹华斯关于灵感的诗学以对自然的忠诚模仿为基础，因为诗人的角色仍旧是进行"选择"，而非试图去"装饰或美化自然"。

这与蒲柏和德莱顿等新古典主义诗人的美化风格形成了鲜明对比，这些诗人虽然也主张模仿自然，但华兹华斯认为诗歌的遣词用字（语言）应该模仿"普通人的语言"——因此他格外青睐"流行的"歌谣*形式。

华兹华斯强调诗人的选择视野是一种卓越的天分,但问题在于他忽略了诗人可能不会去考虑或故意忽略的一些因素。

正因如此,"浪漫化"这个动词仍旧带有负面含义,它代表了一个理想化的、与其声称所描述的现实并不相符的过程。

例如,《抒情歌谣集》收录的诗作《丁登寺上游几英里处的诗行》("Lines Written a Few Miles Above Tintern Abbey")中,华兹华斯略去了工业革命带来的负面影响,从叙述者的视野里省去了威河谷地(Wye Valley)的车流和污染,以及周边以挖矿为生的四处奔走的工人。

华兹华斯省略掉了风景中的这些景物,是为了呈现一个纯天然的、未经破坏的英国乡村景象,处处布满了"村舍园地"和"果树山丘"。

关于这一点,新历史主义文学批评家**马乔里·利维森**(Marjorie Levinson,生于1951年)和**杰罗姆·J.麦肯**(Jerome J. McGann,生于1937年)等人在作品中进行了详尽的阐述。(见后文)

诗歌是热情:它是情感的科学或历史。

尽管华兹华斯提出了这一观点,但也有人指出,他掩盖了在某种程度上,诗歌创作,也包括华兹华斯自己的诗歌创作,是一个精心雕琢、推敲文字的过程,所以并非他所说的"自然流露"、将热情与情感不经处理地表达出来的过程。

批评的功能

19世纪中期,不少作家对维多利亚时期流行的、赞扬进步观念和工业主义的叙事提出了疑问,诗人、批评家**马修·阿诺德**(Matthew Arnold,1822—1888)就是其中之一。

阿诺德的文章《论当今批评的功能》("The Function of Criticism at the Present Time",1864)在确立批评的社会作用方面有着非常重要的意义。他指出浪漫主义富有创造力的作品(包括华兹华斯和雪莱的作品)都是"早熟"的,未能基于"合适的素材"。相比之下,莎士比亚所处的英格兰和品达所处的希腊则是:

> 诗人生活在一个高度活跃、能够滋养创造力的思潮中;社会中充满了新鲜、有趣、活跃的思想。而这种事物的状态正是培养创造力的基础,诗人可以找到现成的材料和素材。

因此阿诺德主张，批评家的重要作用就在于通过"自由、公正的思维方式"寻找最精华的思想，为伟大的文学创作时代开辟道路。阿诺德指出，虽然批评活动"是低于文学创作的"，但批评仍非常重要。

（批评）努力探索世界上知识和思想的精华，它与实践、政治以及所有这些东西无关。

[28] disinterestedness 字面意思是不感兴趣。——译者注

在阿诺德看来，批评家一定要从日常生活的"纷扰"中脱离出来，摆脱宗教和政治派别带来的狭隘偏见。阿诺德将这种理想的立场称为**"公正无私"**（disinterestedness）[28]——意为客观公正，而不是漠不关心。

阿诺德经常被当作自由人文主义的典范,但是一些20世纪的批评家则认为他过于理想主义,他们指出"公正无私"更会让人产生一种错误的印象,即维多利亚时代中期资产阶级的阶级利益是非常普遍的。而且阿诺德的批评观点也并非完全没有政治目的。

[29] 指当时英国社会缺乏准则和无方向感,民众随心所欲、各行其是的状态。——译者注

当时进化论这一全新的科学论述威胁到了社会的宗教信仰(查尔斯·达尔文的《物种起源》于1859年发表),阿诺德认为在这样的社会环境下,**文化**是消灭无政府状态[29]的一个手段。批评家的作用就是尽可能广泛地传播这类先进知识和思想。

文化似乎是我们走向完美的出路,甚至只有通过文化我们才会获得太平。

阿诺德在他的代表作《文化与无政府状态》(*Culture and Anarchy*, 1869)一书中对**希腊精神**(Hellenism, 即古希腊的思想文化)的肯定, 为他赋予了古典主义者的气质。他试图将英国文化"希腊化", 尤其针对中产阶级非利士人[30](Philistine), 这些人在工业革命中获得了政治和经济上的支配地位, 但阿诺德认为他们缺少文化底蕴, 如果把这些人与贵族放在一起, 会对社会凝聚力造成影响。

> 宗教信仰发出了"哀怨而悠长的悲鸣", 而对文化的追求是我们对此做出的回应。文化也是一种社会黏合剂, 将不同阶级的人联合起来。

[30] 指中产阶级。阿诺德将社会三大阶级分为野蛮人(贵族)、非利士人(中产阶级)和流氓(平民)。——译者注

"英国文学"的学科发展

在阿诺德的时代,英国文学才刚刚被视为一门严肃的学科。牛津大学第一个诗歌教授的职位设立于1708年,但当时只是个兼职职位,每年只有3节讲座课。阿诺德于1857年至1867年担任此职位。

1762年,爱丁堡大学被授予了第一个修辞与纯文学方向的皇家教授席位,第一任教授由**休·布莱尔牧师**(Reverend Hugh Blair,1718—1800)担任。

"纯文学"逐渐演变成"英国文学"是19世纪的事情了。1826年伦敦大学学院成立后,在1828年开设了英国文学课程,并在1829年任命了第一位英文教授(Prof. of English)。但是最开始,文学只是语言学习的素材,就像之前修辞学专业的学生通过文学作品学习写作规范一样。

1861年，维多利亚女王授予了格拉斯哥大学"英语语言文学"皇家教授席位。**约翰·尼科尔**（John Nichol，1833—1894）担任第一任教授。

应**威廉·埃德蒙斯顿·艾顿**（William Edmondstoune Aytoun，1813—1865）的要求，爱丁堡大学的皇家席位在1858年更名为"英语语言文学"，艾顿在1845年至1865年担任此职位。

休·布莱尔的《修辞和纯文学讲稿》（*Letures on Belles Lettres and Rhetoric*，1783）重点关注古典修辞学文法——教授学生如何规范写作。

而另一方面，威廉·艾顿的课程按照年代顺序讨论了英国文学传统，同时涉及罗马文学、流行歌谣、语言、文体和韵律等话题。

约翰·尼科尔

19世纪中期，英国文学开始逐渐成为一门独立的学科。

基督教社会主义者、伦敦国王学院英国历史与文学教授 **F.D. 莫里斯**（F.D.Maurice，1805—1872）指出，英国文学对维持社会和谐有着重要作用。他认为文学能够"把我们从这个时代特有的观念和习惯中解放出来"。他强调文学作品是一座蕴含了永恒真理和思想价值的宝库，并且比阿诺德更早提出了他代表性的**"试金石"**（touchstone）概念。

[31] 经典（canon）原指圣经典籍，因此使用这个词指代文学典籍时，指的便是世俗的文学经典，以此与圣经区分。——译者注

判断诗歌是否属于佳作的最有效的方法便是自始至终牢记伟大诗人们的诗句及表达。

后世的批评家更多持怀疑态度，他们将阿诺德这种"文学经典超越历史"的观点视为（世俗）文学经典[31]建立过程中的意识形态实践。

对文学专业的抨击

19世纪末,文学的专业化引起了一些反响。1886年牛津大学被授予英国文学皇家教授席位时,诗人、革命社会主义者**威廉·莫里斯**(William Morris,1834—1896)断言道:

> 结果都是关于文学的泛泛之谈,没有什么实质内容。每任教授都会试图在课题的"创新"上超越自己的前任,但早已没什么可讲的了。课上的内容大多过分精致和自相矛盾。

莫里斯的评论体现了一种焦虑情绪,人们担心专业化的文学批评会成为一门狭隘的学科,会对艺术和文化知识的民主化构成威胁。

过分精致有什么不好?

纯文学（Belles Lettre，字面意思为"优美的文笔"）容易让人想到文质彬彬的学者坐在橡木板装饰的房间里喝着波尔多葡萄酒的场景。

英国文学的内涵（通常情况下）则不同，尤其是它代表了一个**民族**的文学传统，涉及对文学作品的注解及解读。

尽管文学研究的**实用性**不如医学、工程等学科那么明显，但也许我们可以回想一下亚里士多德所说的"**愉悦**本身具有价值"—— 19 世纪晚期的唯美主义者也强调这一观点——以及摹仿在教育中的重要意义。

如果说英国文学是一门人文学科，那么它可以被（泛泛地）定义为"**研究什么是人类**"的学科。例如，研读莎士比亚作品的人和研究人体内脏器官的人，对这个问题的理解一定不一样。

至少，这是古典自由人文主义者对人文学科的辩护。

在一个大多数人排斥或反感工作的社会里，一些人却以文学作为职业，从文学研究中得到**快乐**，并以此为生，这确实让常人难以理解。这就是文学学者所面临的困境。

专业文学批评家总是被那些悠闲的文人困扰着。

阅读小说、诗歌和戏剧只能作为"绅士"的**消遣**吗？以此作为谋生手段就成了低级、肤浅甚至是浪费"国家资源"的事情？此外，文学分析里蕴含什么样的知识呢？课程**教授**些什么内容呢？这些都是文学批评作为一门专业学科所面临的挑战。

> 一个觉醒中的伟大民族在实现思想和制度上的重要转变时,最可靠的先驱、伙伴和追随者就是诗……它使我们摆脱了内心那层凡胎俗眼的目障,让我们窥见生命的神奇。

雪莱为诗歌研究的辩护对于那些思想守旧、效忠于国家制度的人(比如政治家)来说可能不太有说服力,但它终归是一种辩护。

时至今日,我们仍时常感到焦虑,需要不断为文学研究辩护,而且这种焦虑也在广泛地影响着其他人文学科。2008年经济崩盘后,新自由资本主义出现危机,更加剧了这一问题。公共部门的资金紧缩,让高等教育,尤其是艺术和人文学科发出了"哀怨而悠长的悲鸣"。

约翰·亨利·纽曼主教（Cardinal John Henry Newman, 1801—1890）曾发表过一系列演讲,收录于《大学的理念》（1852）一书中。他指出,相对于经济利益或提高竞争力等其他功利性目标,知识本身就可以作为我们追求的目标。他将大学的"功能"定义为"智育"。

目前很多大学面临为政府的经济、商业目标服务的压力,而这对学术诚信和学科独立性都构成了威胁。学科发展更注重职业技能的培养,使得文学批评这类综合学科降格成了语言技能培训课程。

瓦尔特·本雅明在《学生生活》（"The Life of Students", 1915）一文中指出,学术研究不应仅仅被当作通往职场的垫脚石,也不能以此为标准来衡量其价值。

纽曼和本雅明"为了知识本身而学习"的观点与阿诺德的"批评的功能是非功利性的"观点不谋而合。

批评能帮助我们更好地理解伟大的思想并获取知识,除此之外它基本上是没有功能的。

阿诺德的观点被后世不少作家继承,其中包括爱尔兰剧作家、思想激进的**奥斯卡·王尔德**(Oscar Wilde,1854—1900),一个崇尚"过分精致"的人,以及美国诗人 **T.S. 艾略特**(T.S.Eliot,1888—1965)。1890年,王尔德模仿苏格拉底对话录的形式,发表了文章《批评的真正功能与价值,以及关于无所事事的重要性的评论:对话录》("The True Function and Value of Criticism, with Some Remarks on the Importance of Doing Nothing: A Dialogue")。艾略特则在与浪漫主义批评家约翰·米德尔顿·默里(John Middleton Murry)的持续论战中,借鉴了阿诺德的文题发表了文章《批评的功能》("The Function of Criticism",1923)。

唯美主义

王尔德对话录里的两个人物吉尔伯特和欧内斯特就唯美主义*哲学展开了讨论，王尔德最早在法国小说家**泰奥菲尔·戈蒂耶**（Theophile Gautier，1811—1872）的作品里，以及牛津批评家、散文家**沃尔特·霍雷肖·佩特**（Walter Horatio Pater，1839—1894）的授课中接触到了这个概念。

王尔德继承了阿诺德的观点，将"客观公正的好奇心"作为批评的准则，强调对"出世和入世"两种人生观的经典区分：一种是以社会责任为核心的公众生活，另一种是以学习、思考为核心，不涉及社会责任的生活。王尔德将唯美主义定义为出世的生活。因此唯美主义被认为是完全摆脱社会伦理和道德约束的。

任何一种行为都属于伦理道德范畴，而艺术的目的仅仅是营造一种情绪。

唯美主义是浪漫主义运动反功利思想及阿诺德、**约翰·罗斯金**（John Ruskin，1819—1900）主导的维多利亚社会批评的巅峰。但与前人不同的是，唯美主义者否认艺术与社会伦理道德之间存在任何联系。

佩特《文艺复兴史研究》（*Studies in History of the Renaissance*，1873）一书中的结论部分是 19 世纪末唯美主义的一篇重要论述。他将对短暂的感官体验和"思维与感受的内在世界"的追求视为人生的最高追求。

佩特对瞬时快感的推崇引起了社会争议，因此他在再版的《文艺复兴》（*The Renaissance*）[32] 中刻意省略掉了结论部分。佩特似乎是将其关于人类存在的核心论点抛弃了——这个观点在英国维多利亚晚期是无法被人们接受的。

沃尔特·佩特

[32] 第一版名为《文艺复兴史研究》，第二版名为《文艺复兴》。——译者注

佩特通过研究**阿尔杰农·查尔斯·斯温伯恩**（Algernon Charles Swinburne，1837—1909）的诗歌和威廉·莫里斯的早期诗作来体现他的唯美主义主张。王尔德则更进一步，对唯美主义**身体力行**，他以浮夸的波西米亚风的公众形象著称，常与绿色康乃馨和埃及香烟为伴。

我的品味很简单，最好的就能满足我。

33 柏拉图认为艺术是对自然的摹仿，而自然是对神的理式的摹仿，艺术无法摹仿神所创造的"理式"。而亚里士多德则肯定了艺术摹仿的对象是真实存在的。——译者注

回顾柏拉图和亚里士多德两者摹仿理论的区别[33]，就可以看出佩特和王尔德是亚里士多德的继承者，他们信仰美感带来的愉悦。然而，亚里士多德和后来为诗歌辩护的人强调的是愉悦带来的教育价值（有时也有道德价值）。而19世纪末的唯美主义者追求的则是纯粹的快感，他们否认所有实用性的概念，强调**无所事事**的重要性。

作为艺术家的批评家

王尔德通过作品中的角色吉尔伯特提出批评具有美学价值：

批评本身是一种艺术[并且]是艺术创作的最高形式。

王尔德主张批评是"一个人自我灵魂的记录"，强调通过波西米亚文化的自我熏陶形成一种审美秉性和品味。T.S.艾略特也在《批评的功能》（1923）最后一部分中呼应了"批评也是创作"这一观点，对阿诺德严格区分创作和批评的观点进行了更为直接的反驳

T. S. 艾略特：作为批评家的诗人

伴随着第一次世界大战带来的混乱与破坏，自由人文主义（或阿诺德主义）关于文化内在价值的假设似乎显得天真得无可救药。在这样的环境下，艾略特试图重建传统和秩序的权威。

在《传统和个人才能》（"Tradition and the Individual Talent"，1919）中，艾略特提出了一个关于文学经典的看法，即文学经典秩序是由过去和现在的伟大作家共同建立并不断重塑的。

艾略特也抨击了浪漫主义对诗人个人才华和独创性的推崇。他将诗歌创作比作化学反应，用铂丝作为**催化剂**，使氧气和二氧化硫反应生成硫酸。

诗人的头脑就如同铂丝。

这一有趣的科学比喻和华兹华斯的浪漫人文主义形成了鲜明对比。在艾略特看来,诗人的头脑是一个贮存着感受、语句和意象的容器,这些元素会相互作用形成诗歌这一化合物。

艾略特关于文学传统和遗产的独特视角贬低了诗人的独创性和灵感(这些是华兹华斯所推崇的),相反,他主张只有通过"艰苦劳动"(great labour)和不断磨砺历史意识才能对传统有所了解。在《批评的功能》中,他开篇引用了自己以前文章中的一段话,可谓精准地概括了他的批评观:

现存的文学传统经典本身就构成了一个理想的秩序。这个秩序随着新的(真正新的)艺术作品的出现而发生变化。现有的秩序在新作品出现以前本是完整的;**但新事物出现之后,若要继续存在下去,整个现有秩序就必然被改变,哪怕是很小的改变。**

与青年时期的华兹华斯或雪莱颠覆性的观点相比,艾略特"新事物出现"的说法似乎格外保守谨慎。最有趣的一点是艾略特对该原则的实际应用。在批判浪漫主义推崇的独创性和"内心呼声"(Inner Voice)的同时,艾略特最终得到了一个自我否定的诗学观点。

批评,在艾略特看来,涉及对艺术作品的解读以及"培养审美"。他指出:

批评家的劳动与艺术家的灵感闪现同样重要,甚至更重要。

他自己的批评作品主要针对伊丽莎白时期的戏剧,包括莎士比亚、本·琼生、**克里斯托弗·马洛**(Christopher Marlowe,1564—1593)和**托马斯·米德尔顿**(Thomas Middleton,1580—1627)的作品。

现代主义

艾略特是英格兰[34]最杰出的**现代主义**（modernist）作家之一，他的诗歌向传统文体和文学规范发出了激进的挑战。

弗吉尼亚·伍尔夫（Virginia Woolf，1882—1941）是另一位杰出的现代主义者，也是作家、艺术家、知识分子组成的布鲁姆斯伯里团体中的一员，她在小说里也进行了类似的、实验性的新尝试。伍尔夫的小说，包括《达洛维夫人》（*Mrs Dalloway*，1925）和《到灯塔去》（*To the Lighthouse*，1927），与维多利亚时期现实主义的传统决裂，打乱了线性的、按时间顺序发展的情节，探索新的方式来展现人类内心世界的意识与情感。

现代主义这个概念如同手提箱一般：很多东西都可以放进这个框架里。它指的是19世纪末20世纪初的一场文学和艺术运动，也涵盖了很多分支流派（如意象主义、超现实主义）。现代主义被认为是文学与形式上的实验，它对人们固有的审美、传统和惯例发出挑战，并探索了解人类处境的新方式。

[34] 艾略特其实出生在美国，后来加入了英国国籍。——译者注

伍尔夫和女性作家的斗争

1929年,伍尔夫发表了一部重要的长篇批评著作,《一间自己的房间》(A Room of One's Own),书中她指出女性作家经常被英国文学创作和批评传统拒之门外。

[35] 威廉·莎士比亚。——译者注

她笔下的虚构人物,朱迪思·莎士比亚——威廉[35]的妹妹——体现了由于受到社会传统的限制,女性没有机会接受教育或拥有一间用于写作的房间,因此一个与莎士比亚有着同等文学才华的女性无法发挥她的创作潜力。朱迪思·莎士比亚体现了父权社会中存在的男女不平等的现象。

你可能已经注意到了，目前为止本书中讨论过的所有作家几乎都是男性。当然在此之前，历史上也有女性作家和批评家，但是伍尔夫也提到了，父权社会或者男性主导的社会试图边缘化并压制女性的声音。

这也许会让你联想到维多利亚时代的小说家**玛丽·安·伊万斯**（Mary Ann Evans，1819—1880），为了能让自己的小说被严肃对待，她使用了男性笔名"乔治·艾略特"。因为在那个时代，人们总会把女性作家与乱七八糟的女性题材联系在一起。

同样，**夏洛蒂·勃朗特**（Charlotte Bronte，1816—1855）以笔名"柯勒·贝尔"出版了《简·爱》（*Jane Eyre*，1847），而她的妹妹**艾米莉·勃朗特**（Emily Bronte，1818—1848）以笔名"埃利斯·贝尔"出版了她唯一的一部小说《呼啸山庄》（*Wuthering Heights*，1847）。

伍尔夫的介入铺设了一条道路，有助于重新建立批评传统或文学经典的话语边界，有助于开创并发展起一个文化和学术环境，在这里女性作家的声音能够得到重视，并成为研究的课题。

伍尔夫个人的批评作品也与更广泛的社会和政治变革有着紧密联系。例如，《一间自己的房间》的出版正值女性争取选举权的妇女参政运动（Suffragettes）对公众意识产生广泛影响的几年里。

伍尔夫的批评作品因此也是**女性主义批评**（见 133 页）早期的重要典范之一，尽管她对文学批评和批评理论方面的贡献远远不止于此。

《一间自己的房间》基于伍尔夫 1928 年 10 月在剑桥当时的两所女子学院，纽汉姆（Newnham）和格顿（Girton）发表的讲座整理而成，纽汉姆如今仍是一所女子学院。

伍尔夫的叙述者，玛丽·贝顿（Mary Beton），拜访了一所虚构的大学牛桥[36]（Oxbridge）和大英博物馆，在这些地方她看到了很多男性特权以及父权制下的歧视现象。本书的导言提出了一个极为有趣的观点：

一个女性想要写小说，她必须要有钱，还要有一间自己的房间。

[36] "本文中提到的所有学院都隶属于牛津大学或剑桥大学，简称'牛桥'"。——弗吉尼亚·伍尔夫，《一间自己的房间》，戴红珍、周淳译，华东师范大学出版社，2017年，第5页。——译者注

独立是艰难的，因为当时只有某一阶级的女性能够实现经济上自给自足。例如玛丽·贝顿每年享受一笔姑姑遗赠给她的 500 英镑的遗产。她认为这份遗产比国会赋予女性选举权还要重要。

你可能也发现了目前为止我们讨论过的大多数作家，可能除了塞缪尔·约翰逊、柏拉图和亚里士多德以外，大多都因他们的诗歌、小说或剧作闻名于世（或是作为研究课题）。我们所讨论的批评作品似乎也只是他们作品全集*中的一个分支，这些文献加在一起才能构成一个自身独立的主流文学类型。

虽然王尔德和艾略特主张批评和文学创作之间实际上并不存在确定的、一般性的界限。

本书中的简短概述为您勾勒出了文学批评传统中的一些主要概念，这些概念通常涉及文化、文学辩论，或论战中具有争议的或是对立的观点。

一些 20 世纪的研究方法:三种形式主义

相比之下,接下来讨论的作家主要以他们的文学批评作品闻名于世(或是作为研究课题),尽管他们当中也有诗人。在 20 世纪初将文学批评确立为一门学科的过程中,这些作家发挥了重要作用。

这里探讨的三种批评流派并不算是同一类别,但它们都关注文学文本的具体细节,而不是更广泛的语境,并且十分注重形式,因此都被归在了**形式主义**(formalism)这一大类中。

实用批评

实用批评是一种解读和研究文本的方法，由 **I. A. 理查兹**[37]（I. A. Richards，1893—1979）和他在剑桥大学英语系的同事开创于 20 世纪 20 至 30 年代。当时英语系是一个比较年轻的院系（成立于 1911 年），鼓励其成员探索文学批评的新方法。

实用批评主张脱离更广泛的语境和历史信息，对"纸面上的文字"进行细读——这是一种鼓励对形式、节奏和文体等技术问题密切关注的阅读方法。

理查兹在《实用批评：文学批评研究》（*Practical Criticism : A Study of Literary Judgement*，1929）中阐述了他的指导原则，详述了一系列"实验"，他向本科生和其他一些自愿参与的被试者展示了一些隐去作者身份信息的诗歌，要求被试者进行评论。

[37] Richards 后来在中国的清华大学任教，对中国学术界影响很大，也译为瑞恰兹。——译者注

将材料匿名是为了让被试者能够自由表达看法,而"实验"的结果通常是出人意料的:例如,"诗歌巨匠"**约翰·但恩**(John Donne,1572—1631)1633 年发表的十四行诗《在这圆形大地假想的四角,吹起》("At the round earth's imagin'd corners, blow")受到被试者的严厉批评。

……所有被战争、饥荒、老年、疟疾、暴政、绝望、法律、不测所杀害者,还有你们将亲睹……[38]

太多单音节词了!很单调!

[38] 约翰·但恩,《在这圆形大地假想的四角,吹起》,出自《约翰·但恩诗集》,傅浩译,上海译文出版社,2016 年,第 219 页。——译者注

理查兹列出了这些主动参与实验的被试者犯下的各种错误,包括一些习常反应、滥情、抑制和基本的理解错误等。他引用这些评价时也流露出了不同程度的戏谑和揶揄。

[40] 参与式观察,指研究者深入所研究对象的生活背景中,不暴露研究者真正的身份,在实际参与研究对象日常社会生活的过程中所进行的隐蔽性观察。——译者注

理查兹的方法论试图体现出实证和**科学客观性**(scientific objectivity),这让人联想到艾略特所说的通过"非个性化"这个过程"艺术可以说接近了科学"。但是理查兹是否在一定程度上有意识地或无意识地引导了被试者的反应,这一问题仍存在争议。这就是人类学家所谓的参与式观察法[40]中的问题。

[39]《"新批评"文集》,赵毅衡译,中国社会科学出版社,1988年,第366页。——译者注

理查兹等批评家声称研究具有科学客观性，这样的做法有时被看作一种潜意识里的焦虑行为——想要通过模仿自然科学中更为成熟的学科方法论来为一门较年轻的学科树立威信。

近些年文学批评向认知科学（包括神经系统科学）的转向可能也与理查兹的做法有着相似之处。然而，最近的这次转向至少部分原因是为了争取有限的政府资金，因为学科的社会实用性越直接明显，就越容易得到经费。

理查兹的《文学批评原则》(*Principles of Literary Criticism*, 1924)是将文学研究**系统化**(systematize)的另一个重要尝试。在书中,理查兹讨论了反讽、平衡等概念,也提出了一些区分诗歌语言和其他类型语言的方法。

威廉·燕卜荪(William Empson, 1906—1984),原本是数学专业的学生,后来在剑桥大学英语系学习,师从于理查兹。燕卜荪的《含混的七种类型》[41](*Seven Types of Ambiguity*, 1930)是细读实践里一个影响深远的范例,也是实用批评领域中的重要实践。

[41] 也译为《复义七型》《朦胧的七种类型》。燕卜荪认为ambiguity(朦胧或复义、含混)是诗歌的一种强有力的表现手段。——译者注

七种类型的含混出现在:

1. 某一个细节在多种意义上均可成立;

2. 当两种或两种以上的意义融而为一的时候;

3. 同时给出两个明显不相关的意义;

4. 相互不一致的意义结合起来说明作者更为复杂的思想状态;

5. 一种侥幸的混乱,例如作者在写作过程中才发现自己的思想时,或当他心中还没有把这观念全部抓住;

6. 所述的内容是矛盾的或不相关的,读者不得不发明一些说法进行阐释;

7. 作者的想法摇摆不定,因此造成了完全的矛盾。

另一位颇具影响力的实用批评拥护者是 **F. R. 利维斯**（F.R. Leavis，1895—1978）。利维斯更强调将批评看作一种**道德活动**（而非仅仅是纸面上的文字）。因此，有时人们也会把他和马修·阿诺德联系起来。

他的著作《伟大的传统》（*The Great Tradition*，1948）试图定义哪些重要文本属于英国文学中的经典之作。毫无疑问，甄别文学经典是一项要求极高、充满争议的工作。

利维斯对维多利亚时期的诗歌持批判的态度，他认为这些诗歌不属于文学经典，而是将英国诗歌主流定位在了但恩、蒲柏、约翰逊、T.S.艾略特这一条线索上。弥尔顿也被明显排除在外。就小说而言，利维斯认为"传统"体现在简·奥斯丁（Jane Austen，1775—1817）、乔治·艾略特、亨利·詹姆斯（Henry James，1843—1916）和约瑟夫·康拉德（Joseph Conrad，1857—1924）的作品里。

20世纪50年代,一场论战在利维斯和牛津文学学者 **F.W.贝特森**（F.W. Bateson, 1901—1978）之间展开。贝特森是期刊《文艺批评》（*Essays in Criticism*）的创刊编辑,而利维斯则以《细察》（*Scrutiny*）作为批评的主要阵地。他们之间的争论代表了不同的文学价值评估方法之间的尖锐分歧。

贝特森主张一种更为严谨的、基于学术知识的方法,他认为这种方法能够实现"客观"（因而权威）的批评。利维斯则回应道,诗歌和"社会环境"之间的关系并不是那么简单明了的。

你这是彻头彻尾的主观主义。

批评家选择的事实和背景本身就是一种文学评价。

如今,实用批评是文学专业学生的一项必备技能。对文本的细读是所有文学解读的基石,不过今天的很多学生(和专业批评者)会将实用批评与更开放的观念结合起来。

今天的实用批评可以被看作对一部文学作品进行批判性阅读的起点,它属于一种结合了语境、理论和跨学科知识的批评实践。

新批评

艾略特和理查兹的影响力传到美国后,推动了一个批评流派的产生,这一流派在 20 世纪的大部分时间成了美国大学里的主流。

当时所称的新批评指的是一种特定的(意识形态上的)文本阅读方式,一种强调细读优势的形式主义,它推崇的是一种审美态度,即认为诗歌应作为一个独立的对象,而不作为一种对外部历史或作者生平的表达来看待。该运动的很多支持者都继承了他们在理查兹著作中所读到的批评原则。

这一运动在 20 世纪 30 年代开始加速发展,但直到 1941 年**约翰·克罗·兰色姆**(John Crowe Ransom, 1888—1974)才出版了《新批评》(*New Criticism*),对艾略特、理查兹和燕卜荪的观点进行了批判性的讨论。

在范德堡大学（Vanderbilt University）里，兰色姆遇到了**克林斯·布鲁克斯**（Cleanth Brooks，1906—1994）、**艾伦·泰特**（Allen Tate，1899—1979）和**罗伯特·佩恩·沃伦**（Robert Penn Warren，1905—1989）。这个新批评学者组成的非正式团体，有时也被称作"南方农业者"（Southern Agrarians），他们大体上支持"老南方"的传统主义价值观，反对北方的工业化发展。1935年，布鲁克斯和沃伦联合创立了《南方评论》（*The Southern Review*），这一杂志后来成了新批评的重要喉舌。

布鲁克斯的论文集《精致的瓮：诗歌结构研究》（*The Well-Wrought Urn: Studies in the Structure of Poetry*，1947），如同燕卜荪的《含混的七种类型》，是一部关于细读批评实践的著名典范。布鲁克斯强烈反对可以用散文对诗歌进行释义这一观点。

这将破坏诗歌语言不可化约的独特性。

这种对细致的文本分析的强调使得诗歌与现实社会和历史实践之间的关系变得不再明确。同时作者身份的重要性也急剧下降。

1946年，**威廉·K.维姆萨特**（William K. Wimsatt，1907—1975）和**门罗·比尔兹利**（Monroe Beardsley，1915—1985），两位新批评的支持者，合作完成了文章《意图谬误》（"The Intentional Fallacy"），他们认为，有些批评者试图将探究作者的**意图**作为解读文学作品的关键，这种研究方法是不可行的，并且有误导性，尤其因为批评者是无法获知作者的意图的。

> 一首诗的出现不是偶然的。一首诗的词句是出自头脑。然而承认这一点并不意味着构思或意图就是批评衡量的标准。

维姆萨特和比尔兹利论点的含义在于优先将文本——而不是作者，看作主要的**意义重心**（locus of meaning）。这似乎有些自我限制和有自我指涉的倾向，然而，新批评将细读实践与诗歌意义的普遍地位这一更宏大的概念结合了起来。

新批评的作用在于调和特殊与一般、肉体与灵魂，目的是阐明诗歌中所揭示的普遍真理。诗歌是"具体普遍性"的体现，为永恒的真理赋予了一种特定形式。

所有具体的说明中都多少有一些不相关的事物。从树上掉下来的苹果说明了重力……

……但是苹果和树与重力这一纯粹的理论是不相关的，可能诗歌使得苹果与树比平时更相关。

俄国形式主义

就在美国新批评兴起的前夕,另外一个形式主义流派在 20 世纪早期一些俄国文学学者的作品中形成了。

这些文学家包括**维克托·什克洛夫斯基**(Viktor Shklovsky,1893—1984)、**尤里·提尼雅诺夫**(Yury Tynyanov,1894—1943)、**罗曼·雅各布森**(Roman Jakobson,1896—1982)和**鲍里斯·艾亨鲍姆**(Boris Eichenbaum,1886—1959),他们受到德国科学哲学家**埃德蒙德·胡塞尔**(Edmund Husserl,1859—1938)的现象学*的影响。胡塞尔的现象学是一种诠释学*方法,试图将知识的对象定义为"纯粹的本质"(unmixed essences)。

俄国形式主义在 1917 年布尔什维克革命后的几年里很快兴起,但在 20 世纪 20 年代末斯大林主义的影响下被噤声,当时政府将所谓的"社会主义写实主义"(socialist realism)作为文化政策强制推行。这导致了文化和批评中的先锋思潮及实验性的思潮被压制。

形式主义出现在与象征主义批评的论战中。后者将诗歌看作精神和宗教意义的体现,而形式主义者则否定这种比喻性、指称性的联系,他们关注的是**文本构成**(textual composition)和**操作方式**(modes of operation)的手法[例如,**陀思妥耶夫斯基**(Dostoevsky,1821—1881)在《卡拉马佐夫兄弟》(*Brother Karamazov*,1880)中使用了侦探小说中的表现手法,颠覆了小说中现实主义的常规惯例]。

这大幅度地降低了作者的重要性,也与后来新批评中意图谬误的观点不谋而合。作者不再被看作浪漫主义模式所认为的创作天才,而被看作各种文学惯例和手法的操纵者。形式主义主要关注某文学文本的**内部**功能,而不关注可能产生文本的**外部**语境或作者生平。

> 文学这门学科的研究对象不是文学,而是"文学性",也就是使一部作品成为文学作品的东西。[42]

形式主义试图将文学研究的关注点从文学的再现或摹仿上转移，不再将文学作为对社会现实的映射，而是试图去了解可以被看作文学语言来分析的文学语言的特性。

形式主义批评的词汇通常是科学的，主要将艺术看作达到某种效果的手法或功能。诗歌语言与日常语言是有区别的，因为诗歌语言的主要目的不一定是沟通，而是按照自己的法则运行，通过操纵某些特定的手法（如节奏、重复、头韵等）来达到某种效果。

[42] 雅各布森，《文学与文学性》，出自《文学理论：从柏拉图到德里达》，杨冬著，北京大学出版社，2012年，第461页。——译者注

> 诗歌是对平常语言进行的有序的暴力攻击。

因此，文学语言的一项功能就是通过**"新的冲击"**（shock of the new）让读者对日常、惯性的思维方式感到陌生。什克洛夫斯基在他的文章《作为手法的艺术》（"Art as Technique"，1917）中详述了**陌生化**（defamiliarization）或**间离**（ostranenie）的概念。

> 艺术的手法是让事物变得"陌生"，让形式变得困难，增加感知的难度和时长……艺术是一个体验事物艺术性的过程；事物本身并不重要。

什克洛夫斯基的论述与佩特和王尔德的唯美主义观点相互呼应。另外艾亨鲍姆的文章《形式方法的理论》（"The Theory of the Formal Method"，1926）和什克洛夫斯基在《散文理论》（*Theory of Prose*，1925）中收录的文章也是形式主义领域中的重要论述。

从文学批评到文学理论

20世纪下半叶,新批评开始面临压力。随着第二次世界大战之后高等教育的普及,新批评的方法作为一种教学手段的有用性已得到证实,但高等教育的普及也是导致文学批评在20世纪60年代和70年代出现政治和理论转向的一个因素。20世纪一些主要的理论流派可以被归纳到一些主要的运动中——例如后结构主义和新历史主义。但是,你也会发现,这些标签有时并不十分准确。

在本书的简要介绍中,我们会对其中的部分批评方法论和研究方法进行单独介绍。

实际上,我们需要考虑这些流派之间相互影响的模式。

文学研究理论转向的一个最显著特点就是对跨学科的强调,这暗含了对专业面狭窄的批评。这一**跨学科**趋势鼓励文学批评学者去结合其他学科,包括哲学和人类学,通常涉及激进的(及政治化)的研究方法。这又带我们回到了那个问题:文学批评真正的研究对象可能是什么?

尽管有些人拒绝理论方法,但**杰弗里·哈特曼**(Geoffrey Hartman,生于1929年)认为:

最好采取这一立场,即受到其他理论鼓舞或推动的批评是文学批评的一部分(而不是哲学或其他未知学科的一部分),文学批评处于文学之内,而不是在它之外。[43]

[43] 杰弗里·哈特曼,《荒野中的批评》,张德兴译,天津人民出版社,2008年,第334页。——译者注

在这里介绍的很多理论流派中,再现(或摹仿)的问题也再次出现,这个问题可以追溯到柏拉图和亚里士多德的古典作品中,在这里则体现为意识形态趋同、群体身份认同和批评的自我意识等问题。

结构主义

说到结构主义,不得不提到瑞士语言学家**费尔迪南·德·索绪尔**(Ferdinand de Saussure,1857—1913)的著作。索绪尔去世后,他的学生将课堂笔记进行整理,出版了《**普通语言学课程**》(*Course in General Linguistics*,1916)。索绪尔的结构主义语言学主张语言是基于一些特定规则建立起来的,这些规则经常与语言的实际使用情况相悖。

索绪尔区分了语言(langue)和言语(parole),即支配着一门语言的规则体系(语言),如语法和句法等,以及个体语言使用者的特定言辞表达(言语),它们是规则的具体体现。

从字面翻译来看,这两个术语将"语言"(language)和"说话"(speaking)区分开,这又指向了另外一个重要的区别,即书面语和口语之间的区别。

索绪尔摒弃了此前语言学研究中强调的**历时性**（diachronic）原则（即追踪语言的历史变化）而主张**共时性**（synchronic）的研究方法：关注历史中某一点的语言。索绪尔认为，共时的研究方法可能有助于深入、系统地研究语言发展过程某一特定阶段中**语言**和**言语**的关系。

索绪尔将语言看作一个符号系统和指向惯例。他的核心主张为支配一门语言的惯例具有**任意性**（arbitrary）。

在索绪尔看来，**"能指"**（signifier，语音构成或声音形式）和**"所指"**（signified，抽象概念）之间并没有实质性的联系，两者放在一起时构成了语言的**"符号"**（sign）。

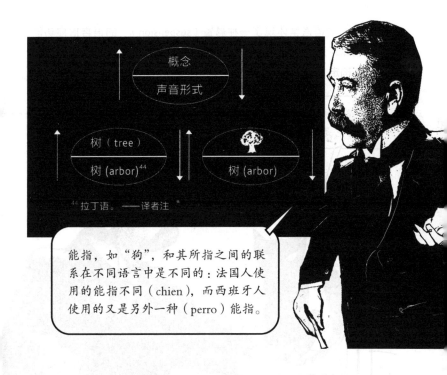

[44] 拉丁语。——译者注

> 能指，如"狗"，和其所指之间的联系在不同语言中是不同的：法国人使用的能指不同（chien），而西班牙人使用的又是另外一种（perro）能指。

所指和能指的关系也并非完全随机的——它是历史发展和社会惯例的结果——但这种关系是任意的。

索绪尔另外一个重要的观点是意义是由**差异**（difference）决定的：如果不能与其他符号形成差异关系，符号就没有意义。例如，能指"猫"（cat）之所以指的是一种四条腿、毛茸茸的动物这一抽象概念，是因为能指"猫"不等同于"蝙蝠"或"垫子"这些能指，而不是因为单词"猫"本质或内在具有任何"恶毒"[45]的含义。但是对于"bat"[46]这一能指，它指的是一件运动器材还是一种动物呢？

索绪尔的语言学体现了一种悬置（suspension）[47]的语言指称功能：它将语言体现为一种独立自足的、按照某些原则运行的符号体系。意义的赋予是**不确定**（negative）的，而非确切（positive）的。

[45] 英语中cattiness（恶毒）是由cat（猫）一词衍生而来的。——译者注

[46] 英语中的bat是多义词，有球拍和蝙蝠的意思。——译者注

[47] 现象学术语，指"存而不论"。——译者注

结构主义的应用

结构主义语言学要求我们去质疑这个世界和其中的事物是否可以被直接当作语言的指称对象。

而索绪尔则认为语言是一个自身闭合的系统。索绪尔的语言学对其他很多学科的发展产生了影响,包括人类学、精神分析学、哲学和文学批评。例如,人类学家**克洛德·列维－斯特劳斯**(Claude Levi-Strauss, 1908—2009)在他的民族志研究中运用结构主义方法论对神话和仪式进行研究,在这个过程中他试图去了解构成这些文化现象结构基础的规范模式或语法。

比起具体的神话内容,我更关心所有神话叙事之间的关系结构,这也许能让我梳理出神话体系中的潜在规则。

法国结构主义兴起于 20 世纪五六十年代，一定程度上来说是俄国形式主义的延伸。结构主义继承了早期形式主义的科学倾向，试图通过描绘现象背后潜在（或普遍）的意识结构，来确定语言和文学现象的系统规则。

在文学批评中，这样的一种方法让我们将文本视为一个更广阔的、系统的表现（或征兆），方便我们对其进行阐述。

结构主义的方法尤其适合类型批评[48]（genre criticism），也有人指出这种方法过于概括性（schematic），并且忽视了文学作品个体的特殊性。克洛德·列维-斯特劳斯的神话研究和弗拉基米尔·普洛普（Vladimir Propp）对民间传说的研究《故事形态学》（*Morphology of Folktale*，1928）也有相通之处，两者为开拓叙事学（narratology）的相关领域做出了贡献。

此后叙事学的发展主要得益于法国文学批评家**罗兰·巴特**（Roland Barthes，1915—1980）、**茨维坦·托多罗夫**（Tzvetan Todorov，生于 1939 年）和**热拉尔·热奈特**（Gerard Genette，1930—2018）。托多罗夫的《侦探小说类型学》（"Typology of Detective Fiction"），收录于《散文诗学》（*The Poetics of Prose*，1977）一书，对文学材料中的原始"数据"进行了分类及阐述，是基于结构主义的类型研究的典范。

[48] 类型/体裁批评是修辞批评中的一种说法，将作品进行分类，根据作品类型成体裁进行分析。——译者注

这是将结构主义思想代入文学叙事阅读中的一种方法。

索绪尔的著作打开了一个充满可能性的新领域,让批评家们可以去质疑此前批评界对现实主义文学的(所谓朴素的)理解。

结构主义不再将文学文本简单地看作对特定社会现实的影射或写照——这是关于19世纪现实主义小说的传统批评中的主导思想——文学文本也可以被看作**指向惯例**(signifying conventions)体系的一部分和对其他书面作品的**典故引用**(allusive reference)。

在《现实的效果》("The Reality Effect",1968)中,我指出叙事中的细小细节——例如角落的旧钢琴,或是一堆没洗的衣服——看起来似乎多余,但能使叙述变得"真实"。

罗兰·巴特

巴特的早期作品,包括《神话学》(*Mythologies*,1957)和《叙事作品结构分析导论》("Introduction to the Structural Analysis of Narrative",1966),在将流行文化作为符号体系分析的过程中明确强调了结构主义方法。

结构主义主张的悬置语言指称功能也影响并鼓励了一些学者去进行逆向思考：社会现实本身是如何通过语言构建起来的（有时也被称作"语言学转向"）。

没有文本以外的世界。

雅克·德里达

法国历史学家**米歇尔·福柯**（Michel Foucault, 1926—1984）探讨了特定**话语**（discourse）*在巩固政权中的作用。他对疯癫（1961）和性（1976）的论述展示了这些话语是如何将统治和控制等社会行为正当化的。

福柯对文学研究产生影响的最明显的例子是他的文章《作者是什么？》（"What is an Author?"，1969），文中他概述了**"作者功能"**的长期发展历程，揭示了作者这个概念——一般被认为永恒不变——是如何在历史背景下变化的。

从结构主义到后结构主义

20世纪60年代末,结构主义方法论中的一些主要理论受到了各式各样的批判,这些批判后来被统称为后结构主义。

许多现在被看作后结构主义领域的学者也都曾受到索绪尔语言学观点的影响,但他们试图批判性地扩展这些观点的可能性。

法国哲学家**雅克·德里达**(Jacques Derrida,1930—2004)对索绪尔语言差异(difference)的概念以文字游戏的形式进行了扩展,将其重新表述为**延异**(différance)。德里达的这一用词结合了"差异"(differ)和"推延"(defer)的含义,形成双关语[49],暗示了意义不仅如索绪尔所说是由语言差异被动决定的,而且:

> 也许是沿一条指向链条无限推延的……狗、齿轮、木材……永远不可能到达最终的目的地。

[49] 法语différance和英语difference发音相同。——译者注

德里达在1966年巴尔的摩的一次研讨会上发表的《人文科学话语的结构、符号和游戏》("Structure, Sign and Play in the Discourse of the Human Sciences")经常被看作后结构主义概念的第一次出现,它对此前结构主义批评的假设发出了挑战。

结构——或毋宁说结构之结构性——虽然一直运作着,却总是被一种要赋予它一个中心、要将它与某个场点、某种固定的源点联系起来的过程中性化或还原。

德里达并不完全否定结构主义的概念,而是试图避免将其激进的潜力中性化。

当时西方哲学传统中主导的逻各斯中心主义（logocentrism）受到了各种各样的批评，德里达的文章也是这些批评中的一部分。逻各斯中心主义的名字来自**逻各斯**（文字之神），指的是一种诠释学传统，基于对绝对意义、权威、本源、目的论*的研究，认为语言和现实是相通的——即认为在文字和它们所代表的现实事物的转化中没有任何的"信息遗失"。这样的假设可能会忽略的问题是语言意义可能会被漏掉或自身流失。

相比之下，德里达对逻各斯中心主义的批评通常被认为是对不确定性、解读性的游戏和多重性的推崇。他的《论文字学》（*Of Grammatology*，1967）对索绪尔和列维 - 斯特劳斯的著作提出了详尽的质疑，或者说"**解构**"。《书写与差异》（*Writing and Difference*，1967）则包含了对黑格尔、弗洛伊德和福柯的论述。

罗兰·巴特的文章《作者之死》("The Death of the Author", 1968)标志着他与结构主义的决裂,并将对人类主观性传统描述的激进挑战推向了高潮。巴特在文章中指出:

说话的是语言,而非作者。

巴特将作者重新定位为话语的结果,而非原因。作者并不制造文本;相反,是文本"制造"了作者。巴特也明显受到了索绪尔的影响,他指出:"近些年来的语言学摧毁了作者,它通过一种有价值的分析方法展示出了整个阐述过程都是虚无的。"

巴特的论点也与德里达相呼应,巴特认为传统批评中"作者"的身份局限了解读的可能性,因为它鼓励批评家去探索一种单一的、神学上的意义:即**"作者-上帝"**传达的信息。

巴特关注将文本从传统批评的束缚中"解放"出来,扩展了解读的可能性。

其他反对结构主义的思想家包括**朱丽娅·克里斯蒂娃**(Julia Kristeva,生于1941年)、**露丝·伊利格瑞**(Luce Irigaray,生于1930年)、**让－弗朗索瓦·利奥塔**(Jean-Francois Lyotard,1924—1998)和**让·鲍德里亚**(Jean Baudrillard,1929—2007)。这一思潮以其对人文主义和马克思主义等传统"宏大叙事"进行颠覆性的拷问而闻名。利奥塔的《后现代状态》(*The Post-Modern Condition*,1979)试图推翻元叙事(metanarrative)[50]的主张及其关于普遍性的观点。他认为启蒙运动中的理性主义,以及基于理性主义发展而来的政治哲学传统具有强制性(coercive)。

马克思主义文学理论

马克思主义的理论和实践,首先是一种策略导向和批评方法论,其目的在于转变集体社会生活。马克思主义者致力于推翻资本主义生产方式。自由和保守主义思想家倾向于将资本主义看作世界上最优的模式,尽管资本主义中有着种种的不公平和不平等,而受到**卡尔·马克思**(Karl Marx,1818—1883)和其他更广泛的社会主义传统影响的思想家,则把资本主义看作人类社会不断发展过程中的一个不稳定的阶段。

马克思主义者探究以竞争和剥削为导向的资本主义社会的经济组织是如何造成社会和阶级矛盾的。这种事物的状态导致了阶级之间的斗争,但这些斗争造成的后果并不是确定的,因此人的能动性和干预很重要。

[50] 元叙事,通常被叫作"大叙事",就是无所不包的叙述。利奥塔提出大叙事应该让位于"小叙事",或者说是更谦虚的、"地方化"的叙事。"小叙事"可以"把目光聚焦于单个的事件上,从而把大叙事抛弃"。——译者注

马克思关于资本主义社会的历史观经常会让马克思主义文学文化批评家对文学形式和类型的历史性（历史真实性或实际情况）格外敏感。现代人的写作方式之所以不同于荷马，可以说是由于作者不同的个人风格造成的，但很大程度上也是由社会和经济结构的历史变化造成的。

例如，荷马的史诗是基于希腊古典文化特有的神话叙事创作的，但到了 19 世纪中期，这种风格就显得格格不入了：

伏尔甘对罗伯茨公司，朱庇特对避雷针，赫耳墨斯对动产信贷公司，胜算能有多大呢？

如果文学文本在某种程度上**反映了**生产的物质、历史和社会条件，那么关于文学能够描述人类社会永恒真理的说法就显得有些站不住脚了，一个主要原因就是，对于马克思主义者而言，"人类社会"本身就是另外一种历史建构。

马克思和**弗里德里希·恩格斯**(Friedrich Engels, 1820—1895)的著作主要关注于经济学、政治学和哲学。他们只对艺术和文学进行了只言片语的评论,并没有具体讨论系统的美学理论。因此,马克思主义的文学批评是由很多受到马克思思想影响但并非直接使用其思想的作家发展出来的。

马克思的思想具有有意识的斗争性,正如他在《共产党宣言》中所讽刺的:"任何一个时代的统治思想始终都不过是统治阶级的思想。"相应地,马克思主义批评家关注的问题主要包括文学在资本主义社会中作为意识形态再现形式的作用,以及文学作品作为**文化商品**(cultural commodities)的地位。

在20世纪大多数时间里,马克思主义批评都与苏联的文学批评风格联系在一起,这一流派将批评降格为对文学作品内容意识形态的分析,认为美学属于政治学的一个分支。

20世纪20年代布尔什维克革命取得胜利后,"社会主义现实主义"理论和实践成了苏联的文化政策,它要求艺术家和作家再现的苏联社会主义建设要具有导向性。

列夫·托洛茨基(Leon Trotsky,1879—1940)在《文学与革命》(*Literature and Revolution*,1924)中阐述了他较为平和的观点:

艺术创作的产品,首先应该用它自己的规律,亦即艺术的规则去评断它

但是只有马克思才能解释:某一时代的某一艺术派别为何出现和自何处而来。[51]

托洛茨基也批评了俄国形式主义流派是"落空的理想主义"。

对于他们来说,"太初为词"。而对于我们来说,太初为事。

[51] 列夫·托洛茨基,《文学与革命》,刘文飞、王景生、季耶译,外国文学出版社,1992年,第166页。——译者注

社会主义现实主义的一个显著特征就是否定任何形式的艺术现代性和美学实验。匈牙利马克思主义者**格奥尔格·卢卡奇**（Georg Lukacs，1885—1971）的大部分文学批评都是对现代主义中显著的主观主义特征进行的抨击。

我藐视现代主义者在他们的艺术作品中放弃尝试反映社会现实而倾向于抽象和非写实的实验主义的做法。

卢卡奇在他的前马克思主义（pre-Marxist）著作《小说理论》（*The Theory of the Novel*，1920）中对小说进行了极为细致的鉴赏。他后来的作品也大多与小说有关。他对当代作家，尤其是德国小说家**托马斯·曼**（Thomas Mann，1875—1955）作品的批评研究，主要是为了在20世纪中期危机深重的环境下，使19世纪现实主义成为一种可行的文学创作和社会批评的模式。

现实主义是卢卡奇最喜欢的类型。他对现实主义的辩护都与反映论和典型性的概念有关。在卢卡奇看来，现实主义文学是对复杂的社会生活总和的一种反映，其中的角色是世界历史条件下的典型代表。

在他对 19 世纪小说的研究中，卢卡奇赞成应对资产阶级文化遗产持批判性态度。他在著作《历史小说》(*The Historical Novel*，1947) 和《欧洲现实主义研究》(*Studies in European Realism*，1950) 中阐述了这些观点。卢卡奇的这些作品在一定程度上受到了恩格斯的一些影响，恩格斯在 1888 年给一位不太著名的英国小说家**玛格丽特·哈克奈斯**（Margaret Harkness，1854—1923）的一封信中曾对现实主义这一类型有过只言片语的评论：

据我看来，现实主义的意思是除了细节的真实外，还要真实地再现典型环境中的典型人物。[52]

[52] 马克思、恩格斯，《马克思恩格斯全集》第三十七卷，中共中央编译局，人民出版社，1971 年，第 40 页。——译者注

在20世纪30年代,卢卡奇曾与德国其他一些马克思主义批评家讨论现实主义的本质,包括瓦尔特·本雅明、**恩斯特·布洛赫**(Ernst Bloch,1885—1977)以及西奥多·阿多诺。本雅明对布莱希特戏剧的批评代表了20世纪中期马克思主义文化批评的一个高潮,此外他另一篇文章阐述了机械复制对艺术作品"灵韵"(aura)的影响,也成了当时批评界的至高点。

本雅明勉强可以算作法兰克福学派的一员,这一学派的主要人物有阿多诺、**马克斯·霍克海默**(Max Horkheimer,1895—1973)和**赫伯特·马尔库塞**(Herbert Marcuse,1898—1979),他们主要基于马克思和弗洛伊德的作品,阐释资本主义社会晚期的批评理论。纳粹独裁时期,法兰克福学派移民到美国,其中主要思想家继续发展他们对"文化产业"以及大众文化的同质化效应的批评。该学派的作家有时也被称作西方(即非苏联的)马克思主义。

美国马克思主义批评家**弗雷德里克·詹明信**（Fredric Jameson，生于1934年）在其作品《马克思主义与形式》（*Marxism and Form*，1971）中向英语文化界介绍了西方马克思主义传统中的主要思想家。詹明信基于六位欧洲马克思主义者的作品——阿多诺、本雅明、马尔库塞、布洛赫、卢卡奇和萨特——建立了一套文学史的辩证*理论。

> 思考者如能认识到自己在社会和历史中的地位，便能认识到阶级地位对其认识施加的限制。

在他后来的作品中，詹明信主要关注作为晚期资本主义文化逻辑的后现代主义以及现代文化中所表达的乌托邦趋势。詹明信也在其他作品里强调了他对历史主义的推崇。

> 永远历史化！

英国马克思主义批评家**特里·伊格尔顿**（Terry Eagleton，生于 1943 年）在《马克思主义与文学批评》（*Marxism and Literary Criticism*，1976）的序言中提醒读者：

马克思主义批评的一个重要特点是高度政治化的立场。伊格尔顿也会承认他受到了**雷蒙·威廉斯**（Raymond Williams，1921—1988）的影响。威廉斯和伊格尔顿的核心都是反对在经济"基础"和文化"上层建筑"之间建立确定（或随意）的关系，他们认为这一观点过于简单化。这一观点可能会错误地认为文化生产仅仅是经济力量的一种简单反映，而忽视了其在意识形态生产中的能动作用。

精神分析

西格蒙德·弗洛伊德（Sigmund Freud, 1856—1939）的作品为精神分析奠定了基础，精神分析是一种治疗精神障碍的方法，鼓励患者直面内心被压抑的恐惧和焦虑，这些情绪经常在心灵中意识和无意识因素的相互作用间体现。精神分析通常与所谓的谈话疗法联系起来。

弗洛伊德"发现"的无意识——尤其是通过梦的解析分析无意识的工作机制——对我们理解人类意识和主观性有着重要意义。弗洛伊德的精神分析也说明了破坏资产阶级主体整体性和一致性的人类行为背后有着诸多潜在的或"被压抑的"动机。

有人指出对人类主观性的精神分析和马克思主义对阶级社会的批评有着异曲同工之处，因为"压迫"在这两个理论中都扮演了重要角色。

弗洛伊德关于精神分析的著作通常采用案例分析的形式，对某一特定个体的神经质行为进行分析。他也使用文学文本作为精神分析的案例。例如，弗洛伊德的文章"Das Unheimliche"，1919 年翻译成英语"The Uncanny"（《怪怖者》)，就是基于对 **E.T.A. 霍夫曼**的短篇小说《沙人》(*The Sandman*，1816）的分析而作。在这篇文章中，弗洛伊德将人对双目失明的恐惧——霍夫曼故事中贯穿始终的主题——解读为对阉割的恐惧的象征性表现，这也与俄狄浦斯的自责内疚联系了起来。[53]

[53] 俄狄浦斯王在得知自己"杀父娶母"之后自废双眼。弗洛伊德将眼睛解读为一种阳具的转喻，俄狄浦斯王的自废双眼是阉割惩罚的一种减刑，而对眼睛被窃的恐惧代表了对阉割的恐惧。——译者注

弗洛伊德也引用文学中的例子来阐述关于人类主观性的理论，他的一个著名的引用是俄狄浦斯的故事——源于人们耳熟能详的古典神话和索福克勒斯的戏剧《俄狄浦斯王》——以此来阐述俄狄浦斯情结，这是他关于人类社会的核心观点。

在写给**威尔汉姆·福里斯**（Wilhelm Fliess, 1858—1928）的一封信中，弗洛伊德用惊人的自我分析描述了一些基本要素，这些要素后来被总结为一种"情结"：

我也曾爱过我的母亲，嫉妒我的父亲，现在我认为这是幼儿时期的普遍现象。

他也推断过俄狄浦斯情结也许有助于解读莎士比亚的《哈姆雷特》。弗洛伊德认为，哈姆雷特之所以在杀死他的叔叔克劳迪亚斯（杀死哈姆雷特父亲的凶手）时表现得犹豫不决，根源是在哈姆雷特自己的无意识中，他也和克劳迪亚斯怀有同样的欲望，即杀死他的父亲，占有他的母亲。

此后精神分析领域的主要学者在基于弗洛伊德的作品探索新领域时，同样也使用了文学文本进行理论分析。例如，法国精神分析学家**雅克·拉康**（Jacques Lacan，1901—1981）仔细研究了《失窃的信》（*The Purloined Letter*，1844）——美国作家**埃德加·爱伦·坡**（Edgar Allan Poe，1809—1849）的一篇短篇侦探小说——并发表了两场演讲：《关于〈失窃的信〉的研讨会》（1956）和《无意识中文字的动因或自弗洛伊德以来的理性》（1957）。受到结构主义语言学的影响，拉康提出无意识的表现（如梦或神经质症状）可以被当作文本进行解析。

很多研究者指出，精神分析的临床实践——主要围绕患者与心理咨询师之间的关系展开——在结构上模仿了文学解读的实践，批评者（心理咨询师）从文学文本（或患者）表现出的内容里梳理出潜在的含义。

从更广泛的层面上说，对于认为思想是一种清晰透明的媒介的人来说，思维主体是集中的、理性的，而精神分析则提供了一种研究人类主观性的方法，打破了这一观念。弗洛伊德"发现的"无意识从根本上破坏了笛卡尔颇具影响力的主观性公理（**我思故我在**），打破了思想与存在，或者说是主观的内部世界和表象及行为构成的外部世界之间的联系。

这促使文学批评家重新思索应如何理解**作者意图**（authorial intention）。如果认为意图是无意识的表现，而非作家所陈述的，那么就需要使用诠释学的方法，将陈述看作**表征**（symptomatic）而非语言表达，不能简单地认为作者和文本、陈述和意图之间存在显而易见的关系。

如果我们无法再放心地认为人类意识是直白的、可知的，那么现实主义小说中叙事视角的问题，或叙事诗中作者自我呈现的策略就要从不同的角度来解读了。

20世纪很多的文学批评家都在自己的作品里引用了精神分析理论的观点。在一篇首次发表于《耶鲁法国研究》杂志1977年文学与精神分析特刊的文章中，**肖珊娜·费尔曼**（Shoshana Felman，生于1942年）重读了**亨利·詹姆斯**（Henry James，1843—1916）的《螺丝在拧紧》（*The Turn of the Screw*，1898）——表面上是一个鬼故事——对其进行了神经质心理学的案例分析，指出了故事中出现的语言含混导致在文本中可能有不同解读的地方。

费尔曼的分析基于埃德蒙·威尔逊在《亨利·詹姆斯的含混》（*The Ambiguity of Henry James*，1938）中的论点，即詹姆斯的叙事实际上描述的是小说主角——一名年轻的女家庭教师因性压抑而导致的神经病症。

我探讨的是威尔逊指出的含混是否对于所有的文学解读过程都很重要。

精神分析的观点可能有助于揭示为何含混性会深深地根植于人类的意识中

一些历史主义流派

历史主义,或文学的历史观,可以追溯到 18 世纪意大利哲学家**詹巴蒂斯塔·维柯**(Giambattista Vico,1668—1744)及德国哲学家、诗人**约翰·哥特弗雷德·冯·赫尔德**(Johann Gottfried von Herder,1744—1803)的著作。他们的历史主义观点影响了后世诸多思想家,包括**黑格尔**(G.W.F. Hegel,1770—1831)和卡尔·马克思。这种关注古典作家的作品和理论的历史观质疑审美的普遍依据,涉及所有年代与地点,转而关注内容和历史时期的特殊性(属于一种相对主义*)。

历史主义的思维方式——即认为知识本身受历史条件限制——在 18 和 19 世纪的大部分时间里都非常具有影响力。

20世纪80年代,美国文学批评家**斯蒂芬·格林布拉特**(Stephen Greenblatt,生于1943年)创造了"新历史主义"一词,用以描述他对伊丽莎白时期戏剧的研究。在格林布拉特编著的一本文集《英国文艺复兴时期形式的权力》(*The Power of Forms in the English Renaissance*,1982)的序言中,他首次使用了这一说法。新历史主义批评的关注重点就是文艺复兴。

在新批评中的形式主义关注文学文本的特殊性和"纸面上的文字",并被指责无视历史时,新历史主义可以说在某种程度上回归了从历史视角解读文学的方法。

盯住字面!

但这里还有很多其他东西啊!

文学研究中主导性的历史主义趋势（后来被新批评所取代）认为批评家的功能是试图去阐明文本与历史、作者生平、社会和文化语境之间的联系。**新**历史主义提出了向历史文献的"回归"。然而，这一次的回归被结构主义和后结构主义的理论进步所中和，尤其受到米歇尔·福柯作品的影响。福柯对疯癫和性等话语历史的研究提供了一个全新的、理论依据充分的方法，帮助学者在体量巨大的历史文献中寻找出路。

受福柯历史学著作影响的新历史主义批评家会通过一系列的文本追踪**话语**的模式，选择文本的依据并非其"文学"内容，而是**文本性***本身如何揭示了特定的、历史条件下的话语流通方式。[54]

追踪特定话语的流通方式可以进一步揭示特定社会环境下运作的**权力结构**（structures of power），以及运用某种文本或文化实践来颠覆这一权力结构的方法。

我们也竭力避免将"宏大叙事"强加于这些以文本作为中介的历史事件之上。

新历史主义的成果之一,是拓宽了文学批评家们认为的"正统"研究领域中的材料范围及类型,因此,此前人们公认的、曾催生出许多批评实践的"文学"与"非文学"的等级制度坍塌了。

从这时起,文学批评开始向文化和思想史领域转向。不起眼的辩论小册子或"不知名"的市井歌谣中的权力话语可能和莎士比亚"著名"悲剧中的权力话语一样引起人们的关注。

[54] 新历史主义者喜欢借用经济学术语,如流通(circulation)、谈判(negotiation)、交换(exchange)等,目的在于打破文学与非文学的界限,揭示所谓纯艺术文本实际上也在追求物质性的和象征性的利润。——译者注

新历史主义和文化唯物主义

格林布拉特在《文艺复兴时期的自我塑造:从摩尔到莎士比亚》(*Renaissance Self-Fashioning: From More to Shakespeare*, 1980)中关于文艺复兴时期戏剧的观点与**艾兰·辛菲尔德**(Alan Sinfield,生于1941年)和**乔纳森·多利莫尔**(Jonathan Dollimore,生于1948年)有相同之处也有不同之处。辛菲尔德和多利莫尔两人编著的文集《政治的莎士比亚:文化唯物主义文集》(*Political Shakespeare: Essays in Cultural Materialism*, 1985)中也收录了格林布拉特的《看不见的子弹》("Invisible Bullets")。文集也指出莎士比亚的戏剧可以被理解为对殖民主义和父权制话语、实践的影射。在前言中,辛菲尔德和多利莫尔阐明了他们的宗旨:

> 文化唯物主义并不像许多已存在的文学批评那样,试图将观点神秘化,使其成为对所述文本事实的自然、明显或正确的解读。

> 相反,文化唯物主义致力于改革以种族、性别和阶级为基础对人民进行剥削的社会秩序。

同样出现于20世纪80年代的**文化唯物主义**（cultural materialism）并不完全是新历史主义的同义词。一些文化唯物主义者对福柯的新历史主义观点持怀疑态度：在他们看来，权力结构不仅仅在话语层面运作，同样也起到特定的物质、社会和经济作用。而新历史主义者在研究文本性时则不会关注这些内容。

唯物的历史主义（materialist historicism）主张是在马克思主义思潮中再次出现的。其代表人物是雷蒙·威廉斯，他在《马克思主义与文学》（*Marxism and Literature*，1977）和《唯物主义与文化问题》（*Problems in Materialism and Culture*，1980）两本书中尝试将唯物主义的社会分析方法扩展到文化生产的领域中。

威廉斯的作品涉及各种形式，从20世纪的文化生产到电影电视在内的大众传媒。他的作品在开创文化研究这一学科的过程中也起到了重要作用。1964年至2002年间，伯明翰大学的文化研究学科在**理查德·霍加特**（Richard Hoggart，1918—2014）以及之后的**斯图亚特·霍尔**（Stuart Hall，1932—2014）的带领下取得了突出的成就。

伯明翰大学当代文化研究中心（CCCS）学者的论著从阶级和教育的视角出发，对"高雅"和"低俗"文化的传统区分方式进行质疑，并探讨了大众文化的效用。

我们当前文化形势最明显、最不妙的特点之一便是，在专家的技术性语言和非常低级的大众传媒渠道之间存在着隔阂。[55]

[55] 理查德·霍加特，《识字的用途》，李冠杰译，上海人民出版社，2018年，第10页。——译者注

女性主义

"第二波"女性主义批评在20世纪60年代的各种社会运动中应运而生并蓬勃发展。这一批评流派关注文学中,尤其是小说中女性经历的再现。

许多第二波的女性主义者也对第一波女性主义的批评作品进行引用和解读,第一波女性主义主要基于(但不仅限于)19世纪和20世纪初妇女争取参政权的运动。

女性主义和争取女性解放的观念通常可以追溯到**玛丽·沃斯通克拉夫特**(Mary Wollstonecraft,1759—1797)的作品《女权辩护》(*A Vindication of the Rights of Woman*,1792)以及**约翰·斯图尔特·穆勒**(John Stuart Mill)的《妇女的屈从地位》(*The Subjection of Women*,1869)。

56 玛丽·沃斯通克拉夫特,《女权辩护》,王蓁译,商务印书馆,1996年,第81页。——译者注

文学批评领域中第二波女性主义的影响主要体现在两个方面：

1. 质疑并揭露了主流文化中的**以阳性为中心的偏见**（phallocentric bias，即以男性为中心）。

2. 在批评领域为被忽视的女性作家和被忽视的女性写作传统正名。

凯特·米利特（Kate Millett，1934—2017）的《性政治》（*Sexual Politics*，1969）和**伊莱恩·肖瓦尔特**（Elaine Showalter，生于1941年）的《她们自己的文学：从勃朗特到莱辛的英国女性小说家》（*A Literature of Their Own: British Women Novelists from Brontëto Lessing*，1977）在英语批评界极富影响力，她们对质父权制，并阐明了女性写作作为另一种文学传统的存在。米利特对四位20世纪的男性作家笔下的厌女症性别政治进行了尖锐的批评，这四位作家包括 **D.H. 劳伦斯**（D.H. Lawrence，1885—1930）、**亨利·米勒**（Henry Miller，1891—1980）、**诺曼·梅勒**（Norman Mailer，1923—2007）和**让·热内**（Jean Genet，1910—1986）。

梅勒的作品展现了一种极端保守的性别态度，进而演变成了公开的敌对

法国女性主义的发展受到了**西蒙娜·德·波伏娃**（Simone de Beauvoir, 1908—1986）的著作《第二性》（*The Second Sex*, 1949）的影响。这部里程碑式的著作对社会建构和性别角色的再现提出了疑问。

在1968年的一系列事件引起的革命动荡环境下，以及后结构主义者关于人类主观性和指向实践的观念转向的影响下，女性主义批评领域也出现了一些新尝试。

埃莱娜·西苏（Hélène Cixous，生于1937年）在《美杜莎的笑声》（*The Laugh of Medusa*, 1976）一书中提出了女性写作的概念（法语 écriture féminine，英语直译为 feminine writing），用以指代在阳性逻各斯中心话语下不被重视的一种写作。**阳性逻各斯中心主义**（phallogocentrism）可以被看作逻各斯中心主义和阳性中心主义（认为男性生殖器官代表了父权制社会中的男性权力和统治）结合的产物。

我关注于身体，并为母性赋予意义。

其他女性主义者，包括**莫妮卡·威蒂格**（Monique Wittig, 1935—2003），质疑这种对身体的关注，指出不应将问题简化为生物学上的区别，她认为**女性写作**的概念是一种受本质主义影响的普遍主义。这里的**本质主义**（essentialism）是指关注构成女性经历的社会和心理因素，并假设这些因素普遍适用于所有女性。

本质主义将女性主义斗争的普遍主题定义为与男性经验和思想的对立。

"女作家"这个标签过于局限。我拒绝这个标签，我愿自称为"激进的女同性恋"。

相比之下，相对主义者则质疑女性这一"范畴"所隐含的普遍性。

当代女性主义的研究方法难以统一，一部分原因是存在这些讨论。在 20 世纪 60 年代和 70 年代，第二波女性主义者争论的焦点之一就是女性写作和男性写作之间是否存在**本质区别**，也就是男性和女性经历之间是否存在根本差异。

肖瓦尔特提出了"**女性批评**"（gynocriticism）的概念：

女性批评的方案是为女性文学分析建构一个女性框架，在女性经历研究的基础上发展新的模式。

陶丽·莫依（Toril Moi，生于 1953 年），在《性与文本的政治》（*Sexual/Textual Politics*，1985）中以后结构主义的视角回应了肖瓦尔特，指责她的本质主义。

肖瓦尔特这样的女性主义者未能认识到的是，他们所代表的传统人文主义是父权意识形态的一部分。

交叉性

很多女性主义批评都具有与其他理论传统的交叉性,如精神分析和马克思主义。性别、种族、阶级和性别认同的交叉也导致一些女性主义者对本质主义产生了疑问,他们认为本质主义对女性进行了无差别的类别建构,并指出因为存在诸多的差异(包括种族和阶级),这种认为所有女性经历都相同的看法是有待商榷的。

自称为"女同性恋、母亲、战士、诗人"的**奥瑞德·洛德**（Audre Lorde，1934—1992）对第二波女性主义中明显的白人偏见进行了批判。在她的文章《主人的工具永远无法拆掉主人的房子》（"The Master's Tools Will Never Dismantle the Master's House"，1984）中，她认为女性主义者进行的对主导性父权制改革的尝试，可能导致一些白人女性主义者不知不觉地使用了统治体系中具有压迫性的逻辑要素，并指出白人和异性恋者身上存在着一种普遍的主观思想。

性别研究

第二波女性主义批评引发了人们对性别分类的密切关注。性别研究的范围比女性主义更广泛,它还包括男同性恋和女同性恋批评,以及**酷儿理论**(queer theory)[57]。

性别研究主要关注:

1. 研究**异性恋规范*** 范式以外群体的受压迫政治史。

2. 检验性别角色的社会建构和再现,在这个过程中文学扮演了重要角色。

批评领域中对性别研究的推动大部分源于真正的社会斗争。例如,1969年纽约的石墙事件(Stonewall Riots)就是同性恋解放运动史上的一个关键事件。

[57] 也称"同性恋理论","酷儿"一词是 queer 的音译,起源于同性恋口号"We are here. We are queer. Get used to it"。(我们在这里,我们是同性恋,接受现实吧。)原本 queer 是对同性恋的侮辱性词汇,后来被同性恋者使用。——译者注

"男性"和"女性"之间的生物学区别不能严丝合缝地对应到"阳性"（=男性）和"阴性"（=女性）的社会性别分类上，因为与这些社会性别相关的行为特征不存在**二元对立性**（binary opposition）。

相反，我们可以将阳性特征行为和阴性特征行为看作一个范围，这个范围在男性和女性之间不均匀分布。这种特征识别的过程由社会和历史决定。此外，变性的存在也使生物学层面的二元逻辑变得不稳定。

性别并不像主流文化所描绘的那样直截了当；性别认同中存在着灰色区域。这就是我们所说的"非二元性"的概念。

社会性别的理论化给女性主义带来了难题，因为如果将社会性别理解为一个不稳定的、建构出来的类别，那么**女性主义**的主体究竟由哪些人构成呢？

随着女同性恋批评家开始质疑一些女性主义思想家所谓的"异性恋规范的本质主义",原本起源于女性主义理论中的关于性别的批评观点开始呈现截然不同的特征(性别研究)。这时女性主义中的一个激进的分支出现了——女同性恋分离主义——它主张女性的完全独立,并拒绝男权主义的剥削。

性取向和性取向政治学开辟了一个充满了可能性的解读领域,它虽然与女性主义有关,但在一定程度上区别于女性主义。

我们的范畴很重要。没有这个范畴,我们就无法组织社会生活、政治运动或个人身份认同和欲望。

盖尔·鲁宾(Gayle Rubin,生于1949年)

男同性恋和女同性恋研究发展中的主要人物

盖伊·霍根海姆(Guy Hocquengham,1946—1988)将同性恋恐惧[58]的心理动机理论化。

杰弗里·威克斯(Jeffrey Weeks,生于1945年),历史学家及社会学家,在性别行为、亲密关系和男女同性恋领域著作广泛。

邦尼·齐默尔曼(Bonnie Zimmerman,生于1947年)对女性身份认同的本质主义建构进行了细致的分析,强调了种族、阶级,尤其是性取向之间的差异。她在文章《前所未有:女同性恋女性主义文学批评概述》("What Has Never Been: An Overview of Lesbian Feminist Literary Criticism",1981)中对以上一些观点进行了详尽阐述。

艾德里安娜·里奇(Adrienne Rich,1929—2012),美国诗人,主张与男同性恋群体脱离的女同性恋分离主义。

[58] 同性恋恐惧,后文简称为"恐同"。——译者注

同性恋身份认同和批判性重读

对不同形式同性恋身份的表达可追溯至一些历史时刻，那时公开男同性恋或女同性恋身份是被社会（及法律）禁止的，因此人们对此类作品"视而不见"。

自20世纪70年代以来，性取向和性别相关的自我意识新理论为批判性重读早期思想家和作家的作品提供了广阔的空间，这些思想家和作家的性取向曾被忽视、被避而不谈，或者成为公开谴责的对象。例如，**拉德克利夫·霍尔**（Radclyffe Hall，1880—1943）的《孤寂深渊》（*The Well of Loneliness*），20世纪初期的一部重要的女同性恋小说，在1928年首次出现时就被告上法庭并引起了激烈的辩论。

19世纪末也是一个相关作品层出不穷的年代,尤其是**沃尔特·惠特曼**("Walt Whitman",1819—1892)、**爱德华·卡彭特**(Edward Carpenter,1844—1929)、沃尔特·佩特和奥斯卡·王尔德(1895年因其性取向被起诉及监禁)等人的作品。

> 对我们来说,很难不把王尔德视为同性恋经历和表达的至高点,这就是我们在我们的文化中赋予他的地位。对我们来说,他在那时已经是"酷儿"了(queer)——就像20世纪流行起来的同性恋刻板形象那样。

文学研究中关于性别和性取向方面最知名的批评作品要数**伊芙·科索夫斯基·塞吉威克**（Eve Kosofsky Sedgwick，1950—2009）和**朱迪斯·巴特勒**（Judith Butler，生于 1956 年）的著作了。塞吉威克质疑主流文化中的异性恋规范的偏见以及这种（通常是无意识的）偏见影响文学阅读的方式。在《男人之间：英国文学与男性同性社会性欲望》（*Between Men: English Literature and Male Homosocial Desire*，1985）和《橱柜认识论》（*Epistemology of the Closet*，1990）中，她研究了 19 世纪小说和"偏执哥特式"文学中的同性社会交际和男性对同性恋的恐慌。

同性社会交际是指不涉及性的本质的同性关系（即朋友或导师）。塞吉威克指出了男性之间的社交如何受到同性恋恐慌的困扰。

将性取向和异性恋等同起来这样草率的假设很明显是恐同的。

巴特勒的作品可以说将性别理论中社会建构的观点发挥到了极致。她在《性别麻烦：女性主义与身份的颠覆》(*Gender Trouble: Feminism and the Subversion of Identity*, 1990) 一书中将性别视为一种社会和文化表现，而非人类本质的一个内在方面进行研究。

通过批判性地解读此前女性主义思想家，如西蒙娜·德·波伏娃的作品，巴特勒对女性身份认同的本质主义建构展开了批评，对"女性"的身份进行质疑。在《身体之重：论"性别"的话语界限》(*Bodies that Matter: On the Discursive Limits of "Sex"*, 1993) 中，她进一步阐述了性别是由述行行为构成的。

巴特勒的作品对身份认同的稳定分类（如"女性"或"酷儿"）进行了批判，成了解放政治学[59]的基础。

> 尽管有必要通过身份类别来提出政治诉求，并诉求自我命名与决定这一称谓的条件的权利，持续操纵这些话语内的类别却是不可能的。[60]

通过提出性别述行理论，巴特勒指出，在男权主义统治和强制性的异性恋限制框架之外，对性别角色的多种非本质主义的理解可能会促使临时联盟的形成。

[59] 英国社会学家安东尼·吉登斯提出了两个概念：解放政治和生活政治。——译者注

[60] 朱迪斯·巴特勒，《身体之重：论"性别"的话语界限》，李钧鹏译，上海三联书店，2011年，第226页。——译者注

后殖民研究

后殖民批评为文学批评提供了一个政治视角。"二战"结束以后,在"第三世界"去殖民化和民族解放斗争的背景下,后殖民批评出现了。后殖民批评中的一些代表人物都参与了这些斗争。

弗朗茨·法农(Frantz Fanon,1925—1961)出生于马提尼克岛,当时那里是法国殖民地(现在仍是法国的一个海外省)。法农参与了反对法国政府的阿尔及利亚民族解放战争(1954—1962),并在《全世界受苦的人》(*The Wretched of the Earth*, 1961)中以马克思主义视角对反殖民革命的情况进行了描述。

法农也是一名心理医生,他在《黑皮肤,白面具》(*Black Skin, White Masks*,1952)中对殖民统治心理进行了言辞激烈的批评。这既是关于帝国主义压迫下黑人身份形成的研究,也是对帝国主义世界秩序的批判。法农将殖民地条件下黑人身份的形成描述为一个"自我分离"的过程:

每一个被殖民的人——换句话说,每一个因其本土文化原创性的死亡和埋葬而从灵魂深处感到自卑的人——都会发现自己直面着文明民族的语言,也就是宗主国的文化。

主人的工具能否拆掉主人的房子?

这为殖民地人民提出了一个政治性和战略性的问题,即应该照搬宗主国的文化还是应该为了实现政治、文化和民族独立而将其全盘否定。

法农最早受到了**艾梅·塞泽尔**(Aimé Césaire,1913—2008)作品的影响,艾梅·塞泽尔是**黑人精神**(negritude)运动的发起人:这是一场以分离主义视角颂扬法语文学中黑人文化的运动。塞泽尔曾在马提尼克岛给法农上过课,同时也在他的作品《殖民主义话语》(*Discourse on Colonialism*,1950)中探讨了殖民者和被殖民者之间的对立性。

殖民计划自称肩负着"教化的使命",但其动机并不那么慷慨高尚。相反,殖民计划的主要目的是进行经济剥削,并经常使用暴力手段。

我们对社会进行去殖民化的同时,同样有必要对我们的思想、我们的内心生活进行去殖民化。

殖民统治也反映了经典马克思主义理论中资产阶级和无产阶级之间的关系。后殖民批评在一定程度上继承了马克思主义对帝国主义和殖民主义的批判,尽管并非所有后殖民批评者都愿意被视为马克思主义者。

宗主国和殖民地之间的经济关系也具有文化层面的意义,这是促成1966年哈瓦那三大洲会议和随后创立《三大洲》(Tricontinental)杂志的原因之一,这些努力旨在团结亚洲、非洲和拉丁美洲的人民来共同反抗帝国主义并探索后殖民研究中的政治因素。

1989年，**比尔·阿希克洛夫特**（Bill Ashcroft，生于1946年）、**加雷斯·格里菲斯**（Gareth Griffiths，生于1943年）和**海伦·蒂芬**（Helen Tiffin，生于1945年）合作创作了《逆写帝国》（*The Empire Writes Back*），对后殖民主义在文学研究中的重要性进行了理论化，书中重点讨论了**刘易斯·恩可西**（Lewis Nkosi，1936—2010）、**V.S. 奈保尔**（V.S.Naipal，1932—2018）、**迈克尔·安东尼**（Michael Anthony，生于1930年）、**蒂莫西·芬德利**（Timothy Findley，1930—2002）、**珍妮特·弗雷姆**（Janet Frame，1924—2004）和 **R.K. 纳拉扬**（R.K. Narayan，1906—2001）的作品。

我们用"后殖民"这一术语来涵盖从殖民活动开始至今，所有受帝国主义进程影响的文化。

肯尼亚作家**恩古吉·瓦·提安哥**（Ngugi Wa Thiong'O，生于1938年）在他的文章《论废除英文系》（"On the Abolition of the English Department"，1968）中指出文学经典对于延续西方文化中的帝国主义形式有重要作用，并对其发起了挑战。

后殖民研究的贡献主要体现在以下三个方面:

1. 对欧洲中心主义的批判;

2. 对民族主义(甚至是其反殖民主义变体)的批判;

3. 底层*或底层性的理论化(见第 158 页)。

我们可以参考美国巴勒斯坦裔学者爱德华·萨义德、印度出生的批评家**霍米·K. 巴巴**(Homi K. Bhaba,生于 1949 年)和**佳亚特里·查克拉沃蒂·斯皮瓦克**(Gayatri Chakravorty Spivak,生于 1942 年)的作品来了解这三方面的内容,这些作品在文学研究中都具有广泛的影响力。

这些方法帮助我们以批评视角更深入地了解殖民主义和去殖民化留下的文化、政治和经济影响(legacy)。

东方主义

萨义德在他的《东方学》(Orientalism，1978)以及后来的《文化与帝国主义》(Culture and Imperialism，1993)等作品中批判了根据特定的话语偏见和刻板印象构建东方或"东方国家"的做法，以及对东方的同质化表现。

> 我们可以将东方学描述为通过做出与东方有关的陈述，对有关东方的观点进行权威裁断，对东方进行描述、教授、殖民、统治等方式来处理东方的一种机制：简言之，将东方学视为西方用以控制、重建和君临东方的一种方式。[61]

[61] 爱德华·萨义德，《东方学》，王宇根译，生活·读书·新知三联书店，1999年，第4页。——译者注

正如萨义德所述,在所谓的西方传统中,许多文学经典的作者,从亚历山大·蒲柏到**居斯塔夫·福楼拜**(Gustave Flaubert,1821—1880),都参与了这一系统性的失实描述。

东方学也指欧洲文化处理和创造东方这一概念的方式。[62]

[62] 爱德华·萨义德,《东方学》,王宇根译,生活·读书·新知三联书店,1999年,第4页。——译者注

东方学的批评属于一个更广泛的范畴:试图通过揭露西方文化中丑陋的话语历史来"摆脱欧洲中心主义思想"。由于在一定程度上受到福柯的影响,萨义德的讨论对象并不局限于"文学"范畴之内。他也是一位(在批评界中)坚决拥护巴勒斯坦民族解放运动的公众知识分子。

基于**本尼迪克特·安德森**（Benedict Anderson，1936—2015）将民族视为"想象的共同体"这一理论，霍米·K.巴巴指出民族的概念是在话语中不断形成和重塑的。

巴巴特别批评了民族主义运动试图通过制度化强制推行"口径一致"的叙述（即所有公民都按同一张乐谱唱颂歌），扼杀真正的多重性和多样性。他强调"混杂性"的概念，并以此阐述民族身份的构成是具有流动性的。

美洲连着非洲，欧洲的民族和亚洲的民族相遇在大洋洲，民族的边缘代替了中心，边缘的人开始书写大城市的历史和小说。[63]

[63] 译文引自赵稀方，《霍米·巴巴及其批评》，《上海文化》，2006年第3期。——译者注

斯皮瓦克的文章《底层人能说话吗？关于寡妇殉夫的猜测》（"Can the Subaltern Speak? Speculations on Widow Sacrifice"，1988）讨论了殖民地人民——即法农笔下"全世界受苦的人"——是否能够以及如何找到一个真正摆脱压迫历史的声音。在斯皮瓦克看来，**底层人**（subalternity）的境况体现了殖民地国家的统治结构和社会所产生的表达无能，剥夺了殖民地人民自我展现和表达的可能性。

底层主体没有可以说话的空间。

斯皮瓦克的底层理论也与反殖民民族主义批评有一些共同点，因为支持这些运动的艺术家和后殖民知识分子的文化实践也倾向于认为底层人民没有获得话语权的可能性。

生态批评

科学界已达成共识,受碳排放影响,地球正面临着灾难性的社会和环境变化,这一观点对过去三十年间的人文学科研究产生了深远的影响。在文学批评领域,它引发了对批判传统的重新评估,引起了人们对众多作家生态思想的关注。

我们目前与自然界之间的破坏性关系,使人类开始质疑历史上人文学科对待环境的态度。

人们将重点放在了自然历史作家的作品中,包括**亨利·戴维·梭罗**(Henry David Thoreau,1817—1862)和**理查德·杰弗里斯**(Richard Jefferies,1848—1887)。**劳伦斯·布伊尔**(Lawrence Buell,生于1939年)的《环境的想象:梭罗、自然写作与美国文化的形成》(*The Environmental Imagination: Thoreau, Nature Writing and the Formation of American Culture*,1995)在细读梭罗的自然写作的基础上,主张应尽快对人与自然的关系进行重新评估。

让我们再回到雪莱的《诗辩》。他对诗人想象力的辩护也与对自然界的崇拜紧密相关。

尽管科学在不断进步与发展,从而拓宽了人战胜外部世界的疆域,然而,由于缺少诗的天赋,这些科学的研究却相应地限制了人们内在世界的疆域。人能够役使自然力而自身却仍是奴隶。[64]

[64] 雪莱,《爱与美的赞礼——雪莱散文集》,徐文惠译,生活·读书·新知三联书店,1989年,第223页。——译者注

面对当时的科学发展,雪莱阐述了一种观点,即人类实现自我和繁荣的可能性依赖于与自然世界的和谐关系,而非剥削关系。因此对于雪莱来说,诗学研究也暗含了更广泛的领域,远远不只是对韵律形式的研究。

威廉·H. 鲁克特（William H.Rueckert，生于 1926 年）在其 1978 年的文章《文学与生态学：一次生态批评的实验》（"Literature and Ecology: An Experiment in Ecocriticism"）中首次使用了**"生态批评"**（ecocriticism）这一术语。在后结构主义转向关注文本性之际，关于如何将文学与生态结合起来的这种思考，使得人们将批评视角重新投向物质世界。通过关注文学和自然写作中地方与地域的特殊性，生态批评家们对文学理论中的后结构主义思潮提出了疑问。

20世纪70年代环境政治的出现以及绿色生态政党的成立,为20世纪90年代生态批评的发展奠定了基础。生态批评阵营内部的对立反映了更广泛的生态运动中的分歧:一些人指出主流批评文化和整个社会都是偏向以人类为中心的,并号召人们对牺牲地球来满足人类自己的消费需求这一行为给予关注。

生态文学批评作品引发了人们对浪漫主义诗学的重新评估,特别是针对威廉·华兹华斯和约翰·克莱尔的作品。**乔纳森·贝特**(Jonathan Bate)在《浪漫主义生态学:华兹华斯和环境想象》(*Romantic Ecology: Wordsworth and the Environmental Imagination*[65],1991)中指出浪漫主义诗人的"生态诗学"是非政治性的……

……或者更具体地说,是前政治性的。

[65] 原文疑似有误,该作品英文原名为 *Romantic Ecology: Wordsworth and the Environmental Tradition*,对应的中文译名为《浪漫主义生态学:华兹华斯和环境传统》。——译者注

这与一些环保主义者的主张不谋而合,这些环保主义者认为绿色运动超越了 20 世纪的意识形态分歧,因为气候变化等问题无差别地影响着人类这个物种,不管你属于哪个政治派别。

然而,这一立场也可能存在问题,因为它否认生态批评是一种具有明确伦理导向的当代**政治**批评。

卡尔·克罗伯（Karl Kroeber，1926—2009）的《生态文学批评：浪漫主义想象和心灵生物学》（*Ecological Literary Criticism: Romantic Imagining and the Biology of the Mind*，1994）同样也关注于重读英国浪漫主义诗人的作品，阐述了现代批判传统如何忽视了浪漫主义作家作品中原生态元素（proto-ecological strand）的存在。

> 浪漫主义对自然的责任感是具有社会价值的诗人的核心，而这为批评者提出了责任感方面的难题。当代批评家更倾向于基于诗人的意识形态缺陷或个性怪癖来进行批评，而非探讨诗人的社会责任感。

克罗伯对华兹华斯的诗作《采坚果》（"Nutting"，1798）进行了重读，指出近些年的批评倾向于忽略诗与自然世界的密切联系，更多关注于进行心理角度的解读，而非诗中文字所描述的情景。

生态批评指的并不是一种阅读文学的特定方法,因此关于如何描述这一批评流派,学术界并没有一致看法,所以生态批评有时也被称为"绿色文化研究"或"生态诗学"。

生态批评家的共同点是他们关注以下问题:

- 人类与自然的关系
- 地点意识(place consciousness)
- 对自然世界的保管(stewardship)

劳伦斯·布伊尔在《环境的想象》(*The Environmental Imagination*,1995)一书的序言中做出了一个很好的表述:

> [这是]一项对环境感知、西方思想史中自然的地位以及文学知识带来的后果的广泛研究,它主张一种人文主义思想,试图想象出更加"以生态为中心"的生存方式。

结束语

本书中讨论的观点和理论只是历史悠久的文学批评和理论史的一个缩影。我们着重讨论了"再现"这一话题，因为这是一个在美学、政治和哲学领域里都非常重要的概念。

只要"文学"领域还有新的书籍或新的作品出现，文学批评这一批评活动就可能会继续下去。在21世纪，"数字"与"物质"文化之间的相互关系，以及这种关系对阅读实践造成的影响也日益成为文学评论家关心的重要问题。

最后让我们用雪莱的话来结尾,他提醒我们写作和阅读文学及诗歌的行为是大有裨益的:

词汇表

美学（aesthetic）：关于美或欣赏美。

唯美主义（aestheticism）：19世纪的文学运动，其支持者主张独立于社会和道德观点的艺术自主性，提倡美的价值在于其自身。

典故（allusion）：含蓄地提及其他的文学作品、特定的引用或某个人、某件事。典故的使用通常假定作者和读者都了解所引的内容。

歌谣（ballad）：古代的诗歌形式，通常用来讲述一个流行故事，一般取材于社会生活、传说或民间故事。

经典（canon）：[某一位作者的]被公认为是真正由原作者所写的作品书目；该词一般用于指权威的（或经典化了的）宗教作品。[从更广泛的意义上来讲]任何极具影响力或极为重要的作品集合都可以被认作经典。一些人认为在界定哪些作品可以算作文学经典的过程中，大学扮演了重要角色，虽然这种经典的界限是有待商榷的。

古典主义（classicism）：指古典作家的风格、惯例、主题及模式，以及他们对后世作者的影响。古罗马时期的古典主义指的是古希腊的作品。而到了17至18世纪的法国和英格兰，古典主义同时包括了古希腊和古罗马的作家。

辩证法（dialectic）：在某一特定条件下或针对某一观点，试图通过逻辑辩论得到真理的过程；这是一个用于解决明显矛盾的哲学方法，从古至今一直对西方哲学界有着深远影响。

话语（或**话语模式**）（discourse or discursive formation）：按照福柯的术语解释，就是知识构成的过程，以及这类知识内在固有的社会实践、主观性类别和权力关系。知识和权力在话语中相遇。

酒神颂（dithyramb）：希腊的合唱赞歌，配合哑剧表演，描述酒神及生育之神狄俄尼索斯的历险故事。酒神颂一般隐含"狂野"的歌曲或诗歌的意思。

颂歌（encomia）：正式的献词或表达的赞美。

文章[1]（essay）：一种写作类型，通常篇幅较短，以散文的形式呈现，一般用于文学批评，就某一话题或一些话题发表看法。该词源于法语动词"*essayer*"（尝试）。法国作家**米歇尔·德·蒙田**（Michel de Montaign，1533—1592）在他的《随笔集》（*Essais*，1580）中创造了这个词。在用英语普及这一文学类型的过程中，**培根**（Francis Bacon，1561—1626）的文章发挥了重要的作用。

诠释学（hermeneutic）：阐释，尤其是对《圣经》手稿或文学文本的阐释。

英雄双韵体（heroic couplets）：英语诗歌中的一种常见诗体，由十音节的诗行组成，一般用五步抑扬格写成。

异性恋规范（heteronormativity）：一种错误地将异性恋经历普遍化的性取向观点。

人文主义（humanism）：一种人类优先的哲学观点，人优先于神、物质，并认为人类是一种本质上理性的、负责任的并且进步的存在。

暗喻（metaphor）：将一个名字或描述性短语用于一个事物，但只是在想象层面而非实际层面适用。例如荷马的《奥德赛》中"暗如红酒色的大海"（wine-dark sea）。

摹仿（mimesis）：来源于希腊语中的"模仿"一词（指哑剧），同时有文学再现的意思。

新古典主义（neoclassicism）：旨在复兴古典风格和形式的文学或艺术运动。英格兰的新古典主义思潮大约出现在 1660 年至 1780 年。这一阶段的文学有时也被称作奥古斯都文学。

客观主义（objectivism）：一种哲学立场，认为宇宙是由因果法则掌控的，人类可以通过观察了解并描述该法则。人类行为受这些外部法则掌控，因此不是自由的。

作品全集(oeuvre):某一作家或艺术家全部作品的总和。

现象学(phenomenology):研究经验和意识结构的哲学。

相对主义(relativism):一种哲学立场,认为真理对于每个人来说都是相对的,因此并不是绝对的。

底层(subaltern):在后殖民研究中,这一概念指殖民地和宗主国统治权力结构之外的社会群体。具体可参见底层研究群体的作品。

主观主义(subjectivism):一种哲学立场,认为人类不受外部条件限制,强调意识(主观性)在现象世界产生过程中的积极作用。

目的论(teleology):用目的或最终目标而非原因来解释现象。

文本性(textuality):严格遵照文本进行的解读;也指相对于口语而言的书面语的质量。

---

[1] 也有译成"杂文""论文"者。——译者注

拓展阅读

Atherton, Carol, *Defining Literary Criticism: Scholarship, Authority and the Possession of Literary Knowledge, 1880–2002* (London: Palgrave, 2005).

Bressler, Charles E., *Literary Criticism: An Introduction to Theory and Practice*, 5th edn (London: Longman, 2011).

Day, Gary, *Literary Criticism: A New History* (Edinburgh: Edinburgh University Press, 2010).

Donovan, Josephine, ed., *Feminist Literary Criticism: Explorations in Theory* (Lexington: University Press of Kentucky, 1975).

Eagleton, Mary, ed., *Feminist Literary Criticism* (Harlow: Longman, 1991).

Eagleton, Terry, *Literary Theory: An Introduction*, 2nd edn (Oxford: Blackwell, 1996).

——————, *Marxism and Literary Criticism* (London: Methuen, 1976).

Ellman, Maud, ed., *Psychoanalytic Literary Criticism* (London: Longman, 1994).

Habib, M.A.R., *A History of Literary Criticism and Theory, from Plato to the Present* (Oxford: Blackwell, 2007).

Leitch, Vincent B., *Literary Criticism in the 21st Century: Theory Renaissance* (London: Bloomsbury, 2014).

Plain, Gill and Susan Sellers, eds, *A History of Feminist Literary Criticism* (Cambridge: Cambridge University Press, 2007).

Richards, I.A., *Principles of Literary Criticism* (London: Kegan Paul, Trench, Trubner and Co., 1925).

Russell, D.A. and Michael Winterbottom, eds, *Classical Literary Criticism* (Oxford: Oxford University Press, 1989).

Wimsatt, Jr., William K. and Cleanth Brooks, *Literary Criticism: A Short History* (London: Routledge and Kegan Paul, 1957).

索引

A

阿卜杜拉·本·穆尔台兹 8
阿多诺,西奥多 6,115-116
阿诺德,马修 49-53,55,61-63,82
阿希克洛夫特,比尔 153
艾迪生,约瑟夫 32
艾顿,威廉·埃德蒙斯顿 54
艾亨鲍姆,鲍里斯 89,92
艾略特 61,66-69,74,78,82,85
艾略特,乔治 71
安德森,本尼迪克特 157
安东尼,迈克尔 153
暗喻 27,169

B

巴巴,霍米·K. 154,157
巴特,罗兰 101,102,107-108
巴特勒,塞缪尔 38
巴特勒,朱迪斯 146-148
柏拉图 12-15, 21, 24-25, 37, 94
　　与亚里士多德对比 16-17, 64
包斯威尔,詹姆斯 43
鲍德里亚,让 108
悲剧 16-19
贝克莱主教 43
贝特,乔纳森 4,163
贝特森,F.W. 83
本体 42
本雅明,瓦尔特 9,60-61,115-116
本质主义 136-138,147
比尔兹利,门罗 87-88
变性 141
辩证的 116,168
波伏娃,西蒙娜·德 135,147
勃朗特,艾米莉 71
勃朗特,夏洛蒂 71

布莱尔,休 53-54
布莱希特,贝托尔特 20
布鲁克斯,克林斯 86
布洛赫,恩斯特 115-116
布瓦洛,尼古拉 32
布伊尔,劳伦斯 159,165

C

操作方式 90
差异(语言学)98,104
传统 66-67
纯文学 53-54,57
催化剂 66

D

大众文化 115-116, 132
但恩,约翰 77,82
道德
　　诗歌的 5, 26-27
　　批评的 5, 62-63, 82
德莱顿,约翰 32,34,46
德里达,雅克 103-107
德马雷·德·圣-索尔兰 32
底层人 154, 158, 169
蒂芬,海伦 153
典故 31,102,168
东方主义 155
独创性 41
多利莫尔,乔纳森 130

E

俄狄浦斯 119-120
俄国形式主义 89-92,100, 112
恩格斯,弗里德里希 111,114
恩可西,刘易斯 153

F

法农,弗朗茨 149-150,158

非唯物主义 43
费尔曼，肖珊娜 124
费希特，约翰 42
芬德利，蒂莫西 153
讽刺 32, 37-38
弗雷姆，珍妮特 153
弗洛伊德，西格蒙德 106,115,118-121
福柯，米歇尔 103,106,127-128,156
福里斯，威尔汉姆 120
福楼拜，居斯塔夫 156
妇女参政运动 72

G
戈蒂耶，泰奥菲尔 62
歌谣 46,54,129,168
格里菲斯，加雷斯 153
格林布拉特，斯蒂芬 126-128,130
个人主义 39,45
工业革命 47,52
公正无私 50-51,62-63
功利主义 60
共时性方法 96
古典主义 39,41,168
　与浪漫主义对比 39,41-42
过分精致 56,61

H
哈代，托马斯 6
哈克奈斯，玛格丽特 114
哈特曼，杰弗里 94
含混 80-81,124
荷马 15,16-17,23,31,110
贺拉斯 28,31
赫尔德，约翰·哥特弗雷德·冯 125
赫里克，罗伯特 37
黑格尔，G.W.F. 106,125
黑人精神 151
宏大叙事 108,128

后结构主义 104-108, 127, 135, 137, 161
后现代主义 116
后殖民研究 149-154,158
胡塞尔，埃德蒙德 89
华兹华斯，威廉 45- 49,67, 163-164
话语 103,128,168
话语 95-96
惠特曼，沃尔特 145
混杂性 157
霍尔，拉德克利夫 144
霍尔，斯图亚特 132
霍夫曼，E.T.A. 118
霍根海姆，盖伊 143
霍加特，理查德 132
霍克海默，马克斯 115

J
激进个人主义 39
加莱，托马斯 37
杰弗里斯，理查德 159
结构 106
结构性 105
结构主义 95-98,127
　的应用 99-103
经典 43,66,72,153,168
精神分析 118-124, 138
净化 19-20
酒神颂 16-17,168
具体的 43-44,88

K
卡彭特，爱德华 145
柯勒律治，塞缪尔·泰勒 44-45
科学客观性 78-79, 100
克莱尔，约翰 163
克里斯蒂娃，朱丽娅 108
克伦威尔，奥利弗 37
克罗伯，卡尔 164

客观主义 42, 83, 169
    与主观主义 33, 42, 83
酷儿理论 140
跨学科 94
快感 16-17, 57-58, 64

L
拉康，雅克 121
拉辛，让 31
兰色姆，约翰·克罗 85
浪漫主义 28,44-48,163-164
    与古典主义对比 39,41-42
勒夫莱斯，理查德 37
类型批评 101
里奇，艾德里安娜 143
理查兹 I. A. 76-80, 85
理式的理论 14
理想国 12-15
理性 33, 39
理性主义 33, 108
历时性原则 96
历史主义 116,125-132
利奥塔，让-弗朗索瓦 108
利维森，马乔里 48
利维斯，F. R. 82-83
列维-斯特劳斯，克洛德 99,101,106
卢卡奇，格奥尔格 113-116
鲁宾，盖尔 142
鲁克特，威廉·H. 161
鲁迅 2
罗斯金，约翰 62-63
逻各斯中心主义 106
洛德，奥瑞德 139

M
马尔库塞，赫伯特 115-116
马克思，卡尔 109-111, 115, 125
马克思主义文学理论 109-117, 152

马洛，克里斯托弗 68
马维尔，安德鲁 36
麦肯，杰罗姆·J. 48
曼，托马斯 113
梅勒，诺曼 134
美学 5,28,41,62-63,168
弥尔顿，约翰 35, 82
米德尔顿，托马斯 68
米利特，凯特 134
民族主义 154, 157-158
摹仿 9, 12-14, 16-18, 24, 57, 64, 94, 169
模仿 9,14,24,46
陌生化 92
莫里斯，F.D. 55
莫里斯，威廉 56, 64
莫侬，陶丽 137
默里，约翰·米德尔顿 61
目的论 6, 169
穆勒，约翰·斯图尔特 133

N
纳拉扬，R.K. 153
奈保尔，V.S. 153
男同性恋和女同性恋研究 143-148
尼科尔，约翰 54
纽曼，约翰·亨利 60-61
女性批评 137
女性写作 135-136
女性主义 133-137,141-142
  第一波 133
  第二波 133-134,137,139-140
女性作家的斗争 70-73

O
欧洲中心主义 154,156

P
庞德，埃兹拉 5

佩特，沃尔特·霍雷肖 62-64, 92, 145
批判性的 144-145
批评
　功能 49-52,61,67-68
　历史 7-8,12-13
　作为道德活动 82
批评方法论 93
批评家
　作为艺术家 65
　是变色龙 10-11
　的作用 68,88,117
皮科克，托马斯·洛甫 21
坡，埃德加·爱伦·121
蒲柏，亚历山大 28-31, 33, 46
普遍主义 10-11, 136
普洛普，弗拉基米尔 101

Q
齐默尔曼，邦尼 143
骑士派 35-38
谦逊 10-11
巧智与自然 29
琼生，本 3-4, 32,68
权力结构 103, 128-129,131
权威性 41
诠释学 89,106,123,168

R
热奈特，热拉尔 101
人文主义 28,67,169

S
萨特，让-保罗 1, 116
萨义德，爱德华 8, 154-156
塞吉威克，伊芙·科索夫斯基 146
塞泽尔，艾梅 151
三一律 18, 34
莎士比亚，威廉 3-4, 6, 34, 68, 120, 130

社会批评 62-63
社会正义 162
社会主义写实主义 89, 112-113
什克洛夫斯基，维克托 89,92
神话 99, 101
生态批评 159-165
生态诗学 163,165
诗歌
　认知价值 26
　的辩护 21-27,160
　道德功能 26-27
施莱格尔，弗里德里希·冯 39
实用批评 76-84
史诗 16-17,18,110
试金石 55
斯大林主义 89
斯皮瓦克，佳亚特里·查克拉沃蒂 154,158
斯塔尔夫人 39
斯威夫特，乔纳森 32
斯温伯恩，阿尔杰农·查尔斯 64
颂歌 15,36,168
苏格拉底 12-13
梭罗，亨利·戴维 159
索绪尔，费尔迪南·德 8, 95-99, 104,106-107

T
泰特，艾伦 86
提安哥，恩古吉·瓦 153
提尼雅诺夫，尤里 89
同性社会交际 146
托多罗夫，茨维坦 101
托洛茨基，列夫 112
陀思妥耶夫斯基 90

W
完整性 18
王尔德，奥斯卡 1, 61-65, 74, 92, 145

威蒂格，莫妮卡 136
威尔逊，埃德蒙 134
威克斯，杰弗里 143
威廉斯，雷蒙 117, 131-132
唯美主义 62-63,92,168
唯物的历史主义 131
唯心主义 43-44
维吉尔 31
维加，洛佩·德 4
维科，詹巴蒂斯塔 125
维姆萨特，威廉·K. 87-88
文本构成 90
文本性 128, 161, 169
文化商品 111
文化唯物主义 130-132
文化研究 133
文学文化的专业化 56-61
文章 6,168
沃伦，罗伯特·佩恩 86
沃斯通克拉夫特，玛丽 133
无意识 118, 121-122
伍尔夫，弗吉尼亚 69-74

X
西苏，埃莱娜 135
希腊精神 52
锡德尼，菲利普 21-25, 28, 30, 34
席勒，弗里德里希·冯 40
喜剧 16-17,19
戏剧，静态与动态 20
系统化 80
现代主义 69, 113
现象 42
现象学 89, 169
相对主义 125, 169
想象 26,39-41,160
肖瓦尔特，伊莱恩 134,137
谢林，弗里德里希 42, 44

辛菲尔德，艾兰 130, 145
新的冲击 92
新古典主义 33-34, 169
新历史主义 48, 126- 132
新批评 85-88, 90, 93, 126-127
形式主义 75
性别述行 147-148
性别研究 140-142
性取向政治学 142
叙事学 101
雪莱，珀西·比希 21, 26-28, 30, 41, 49, 59, 160, 166-167

Y
压抑 118
雅各布森，罗曼 89,90,92
亚里士多德 9,16-20,24,31,34,57,94
  与柏拉图对比 16-27,64
延异 104
燕卜荪，威廉 80, 85-86
阳性逻各斯主义 135
阳性为中心的偏见 134
伊格尔顿，特里 117
伊利格瑞，露丝 108
异性态规范 140,142,146,169
意识 42-3,118,123-124
意图，作者 87,90,133
意义重心 88
英国内战 35-38
英国文学的学科发展 53-55
英雄双韵体 30,169
有用性 16-17
雨果，维克多 41
语言 95-96
语言，文学与口语 40,81,86,91-92
圆颅党 35-38
约翰逊博士，塞缪尔 32,43,74,82

Z

再现 94, 166-167

詹姆斯，亨利 82, 124

詹明信，弗雷德里克 116

知识，为了其本身而学习 60-61

指向惯例 97-98, 102

致歉 23

秩序 66-67

主观主义 / 主观性 42-44, 113, 120, 122, 135, 139, 169

 与客观主义的比较 33, 42, 83

资本主义 109-110

自然 6, 29-30, 33, 46, 164-165

自然写作 159-161

自由人文主义 51

作品全集 74, 169

作为批评家的诗人 66-68

作者的意图 87, 90, 123

作者功能 103

作者 – 上帝 107